LOST IN LABYRINTH
YOSHINO TAKUMI

異邦人　Lost in Labyrinth

装丁　川名潤（Pri Graphics）
装画　コザキユースケ

異邦人／もくじ

プロローグ　捕獲

「いいか、絶対に殺すな。生きたまま捕獲するんだ。大事な獲物だからな！」

痩身の相棒の念押しに、並んで立つずんぐりした体型の男が、めんどくさそうに頷《うなず》いた。配置についてから、もう何度も聞かされたセリフなのである。

「わかってるさ。しかし、本当にここらに現れるのか」

「著しい磁場の乱れが生じている。いつもの予兆と同じだ」

「へーへー」

気のない返事をした男は、相棒と同じく、ダイバーが着る潜水服に少し似た、黒い戦闘服姿をしている。暗視ゴーグルで目元が隠れており、小型の麻酔銃を携行している。

そんな怪しすぎる格好をした小太り男が、うんざりしたように辺りを見渡す。

右手は黒々とした陰影を見せる、深い森。左手は収穫が終わった畑。ざっと見る限り、森と畑以外になにもない。時折、風が枝や葉を鳴らす音がするくらいか。

彼らが今立っている県道は、偽の道路工事の看板と、同じく偽の警備員でもって封鎖している。なので、車の往来も人影もないのは当然なのだが、元々ここは人の住む町から遠く離れた場所なのである。

普段でも夜になるとロクに車も通らない。はっきり言って、ど田舎《いなか》である。

「……なにもわざわざ、こんなシケた場所を選ばなくてもなあ」

剃《そ》り残しの無精髭が目立つ顎《あご》を、指でポリポリかく。

「別に向こうも選んでいるわけではないだろう。選択権などないはずだ。それより、少しはしゃきっとしろ。得体の知れない敵が、俺達のやってることに気付き始めているって情報もある。だらけてる場合じゃないぞ」

「得体の知れない敵って……なんだかな」

「一般人から見りゃ、俺達だって同じだろう」

「馬鹿言え。俺達ゃ立派な――」

言葉を切り、小太り男は仏頂面を作った。

「いや、よく考えたら堂々と出来たもんでもないか。ま、まあそれはともかく。情報くらいきちんと教えてほしいぞ」

「俺達のような歯車に、そこまで教える必要を認めなかったんだろうな、上層部は」

瘦身の男はクソ真面目に答え、後は黙したまま手元の小型液晶画面を眺めている。それは、携帯ゲームマシンそっくりの形をした文庫本ほどの大きさの機械で、画面にはゲームの代わりに青白い波形が映っていた。

先程から彼は、表示された波形が画面を行ったり来たりしているのを、じっと注視しているのだ。

――と、その画面に突如、ポッッと光点が現れた。

「む！　見ろ、熱源探知に反応が出た。現れたぞ。我々のチームが当たりだったようだ」

「……らしいな。しっかし、だいたいの場所しかわからないってのは、不便極まりない」

「のべつまくなしに文句言うな、いいから走れっ」

「へいへい」

真面目そうな男と、無精髭だらけのやる気なさそうな男……謎の二人組は、携帯マシンが示す光点に向かって走った。

もちろん、相手はすぐに見つかった。

これまでどの相手も必ず、一種、途方に暮れた表情をしていたものだが、今度の相手も同様だった。なにがなんだかわからない……そんな顔つきで心細げに立ち尽くしている。

今回の相手は――なんと少女だった。

長い髪を風になびかせ、目を丸くして突然走ってきた彼らを眺めている。味方だろうか、というような淡い期待の表情がちらっと浮かんだが、暗視ゴーグルをつけた厳《いか》つい顔を見て、半分逃げ出しかけた。

「お、見ろよ！　俺達はついてるぜぇ。相手は女だ、女だぞっ」

不真面目な髭が嬉《うれ》しそうに言った。

「馬鹿、関係ないだろ。どんな相手でも」

「いや、あるさ。やる気が違うっ」

きっぱりと断定しつつ、息を切らした髭が、早くも麻酔銃を構える。

少女がなにか言ったが、無視した。

どうせ話など通じないのだ。

咳《せ》き込むような音で銃が発射された瞬間、相手の少女は大きく跳躍した。それも、普通の人間では絶対不可能な数メートルもの高さに、だ。

しかし、二人とも驚きはしない。そういう可能性も考慮に入れていたからだ。その証拠に、相手の動きを予測していたもう一人が、空中にいる少女を無造作に撃った。咳き込むような発射音が二度続く。

か細い悲鳴が聞こえた。

どさっと道の脇に少女が落ちる。

第一撃を外したクセに、胡散臭《うさんくさ》い髭を生やした小太り男は、真っ先に彼女の側《そば》に駆け寄った。俯《うつぶ》せに倒れた身体を、足でひっくり返す。

「よし、ちゃんと気絶してる。相変わらず効き目は早いな。しかし、見ろよ！　こりゃまた……格別だ」

暗視ゴーグルをむしり取るように外し、無精髭の男は涎《よだれ》の垂れそうな卑しい顔つきで、足下の少女を見下ろす。

そのままフラフラとしゃがみ込み、手にした麻酔銃で、不埒《ふらち》にも少女のスカートをめくろうとしたりした。

「へっへっへ」

マニュアル通り、腕に装着した小型無線機に手短に報告をしていた相棒は、それを横目に見て顔をしかめた。

「おい、なにしてるっ。もう本隊に連絡取ってるんだぞ。余計なことしてどやされたいのかっ」

「ええっ。そりゃ殺生《せっしょう》な。あんまりだぜえ。せめてもう少し連絡を遅らせれば、二人で楽しめたのによぅ」

「悪いが、俺はごめんだ。自分がどんな世界に身を置いているか、おまえも常に心に留《と》めておいた方がいいぞ……長生きしたかったらな」

冷え切った声で細身の男は忠告した。

その口調には、冗談の欠片《かけら》もない。

途端に、髭の小太り男は不埒な行動を中止してしまった。

「わ、わかったよ。融通の利かない野郎だ」

渋々と立ち上がる。

しかし、その目は少女の腰の辺りに固定したままである。随分未練があるようだ。

「馬鹿め……」

相棒は首を振った。

気持ちはわからなくもないが、相手はまだガキではないか。

それに、いくら少女とはいえ、そもそもこいつは――。

そこまで考え、また首を振る。

まあいい。

どうせここから先は、俺達の管轄じゃないんだから。


やがて、遠くからヘリの爆音が接近してきた。


――それから少し月日が経《た》ったある日。

広々とした執務室の中で、主従が話している。

黒スーツを窮屈そうに着こなした筋肉質の男が、上司に説明を終えたところだった。彼の上司が楽しそうに述べる。

「彼女達の調整は済んだ、そう解釈していいのだな」

「はい……」

髪を短く刈り上げた男は、机の向こうに座る相手にうやうやしく頭を下げた。

「……全て問題なく終了しました」

「そうか。ならば、まず実地にテストをしてみよう。暗殺予定のある実験台を一人選んで、そいつを襲わせろ。殺人への禁忌《きんき》があるかないかは、重要な問題だからな。それが問題なく成功したなら、計画は次の段階に進められる」

「ははっ」

部下の男はまた深々と頭を下げ、まるで軍隊で上官の前を辞するように、綺麗な回れ右をして部屋を出て行った。

一人部屋に残された男は呟《つぶや》く。

「さて。あいつも、元気でやっているかな。後で報告を聞くか……」

第一章　デッドエンド

また新たなゾンビ達が出現した。

半ブロックほど先のビルの陰から、三体のアンデッドモンスターがゆらゆらとよろばい出てくる。しかし、デザートイーグルを構える雪野剛《ゆきのたけし》は、全然慌てない。焦《あせ》る必要すらもない。なぜなら、すぐ隣に力強い味方がいるからだ。

今も、剛が警告を発するよりよほど早く、彼女、つまりイヴがダッシュした。

手に持っていたＭＣ５１サブマシンガンを剛にパス、代わりに青白い光を放つプラズマソードを、じゅばっと抜き放った。

そのまま、猛スピードで動きの遅いゾンビに飛びかかった。一閃《いっせん》して敵の首を切断、その首が歩道に落ちるより先に、返す刀で隣のゾンビを豪快に輪切りにしてしまう。

しかし、彼女が剣を振り切ったその隙《すき》に、残る一体の敵がゾンビのくせに思わぬ素早さを見せ、両手をあげて襲いかかった。

ドンドンッ

あわや、イヴのほっそりした肩に汚《けが》らわしいゾンビの手がかかるという時、そいつの頭が豪快に弾《はじ》け飛んだ。スイカ割りのスイカみたいに、あっけなく。

バックアップに回っていた剛が、デザートイーグルをぶっ放したからだ。

『ありがとう！』

イヴが振り返り、空色の瞳一杯に感謝を浮かべた。

舞い上がる髪の先が、計算された動きで元の位置に収まる。

『どういたしまして』

剛は決まり文句とともに、小さく頷いただけだ。

本当はもっと気の利いたことを言いたいのだが、こればかりはどうにもならない。

『さあ、どんどん行くわよっ。一緒にがんばりましょう、剛さん！』

疲れの片鱗《へんりん》も見せず、イヴはそんなことを言った。

もちろん、剛に否やはない。というか、この場面は固定なので本人の意思は関係ない。

『うん！　今日こそ二人で敵をやっつけて、町の平和（うへっ）を取り戻そうっ』

己《おのれ》の分身が、お馴《な》染《じ》みのセリフを返す。

ちょっと工夫が足りないと思うし、あまりにもアレなセリフだが、まあいい。些《さ》細《さい》なことだ。

それに、ほら。

身体に張り付くような戦闘スーツに身を包んだイヴは、ほれぼれするような笑顔でもって答えてくれた。

『まだレベル1……がんばって先に進みましょう。二人で協力して進めば、きっとなんとかなるわ！』

長い金髪をなびかせ、イヴは美しい顔をきりっと引き締めた。

そして、二人でゴーストタウンのようなビル街を駆け抜ける。レベル1、つまり市街にたむろする敵は完全に制圧した。

これからさらに地下へ潜《もぐ》り、次々に新たな敵を倒さねばならない。そう、レベル5で待つ最終的な敵を倒すまで、二人の進撃は止まらない。


片っ端から敵を撃破し、ついに地下最深部のレベル5に至る。

ここで、いつものように剛の緊張度はぐっと高まる。

しかしイヴの顔は、もちろんいつもと同じように凛々《りり》しく、かつ余裕すら見せて最後の扉の前で微笑《ほほえ》む。

途中で入手したカードを手に立ち尽くす剛に、『さあ、最後の敵よ。がんばりましょう！』とお馴染みになったセリフを投げてくれた。

「ああ、そうだな。――今度こそは！」

リアルワールドの剛は呟き、そして彼の分身もまた、思いきったようにカードリーダーへカードを走らせる。続いて規定の暗証番号を打ち込んだ。

――扉が開いた。

レベル5は空っぽの倉庫のような寒々とした空間であり、薄闇《うすやみ》に覆《おお》われている。……そして、闇の奥より音もなく彼が姿を現す。

ヤツこそはラスボス。

この世界の最後の敵なのだ。

今、その最後にして最強の敵は、不敵な笑みとともに二人を迎えた。

『来たか。だが、ここが文字通りの終点だ。――覚悟しろ』

気障《きざ》なセリフを吐《は》き、漆黒の長身が猛然と疾走する。悪夢のように青い、目に焼き付くほどに青い光を放つ、ひときわ長い光剣を手に。

それを振りかざし、コマ落としかと思うほど恐るべき速さで、二人に襲いかかる。黒衣を纏《まと》った長身が一瞬にして間合いを詰めてきた。

今更ながら、ヤツの頭上に電光表示が現れる。

『Enemy Name ――レイン【レベル99→】』

続いて、各ステータスが電光表示される。

『敵属性――Magic Fighter。戦闘適性、All-Round。戦闘経験値999→、戦闘技能値999→。所持武器、傾国の剣（武器レベル・クラスS）遠隔攻撃の特性アリ』

毎度のことながら、剛は思わず素で喚《わめ》いた。

「武器も技能も、ゲームが許す、制限レベルの上限かよ！　くそっ、インチキすぎるっ。だいたい、末尾の→印はなんだ！」

喚かずにはいられなかった。

なにしろ、こちらのレベルは56。今日は朝からぶっ通しでがんばったのに、それでも56がやっと。なのに、この差はなんだ！

怒声とともに、銃声が連続して闇を切り裂く。

喚きながら剛の撃った弾丸を、レインは全てかわす。そう、なんとこいつは、デザートイーグルの弾丸を避けるのだ。

いや、それはイヴのＭＣ５１も同じだ。サブマシンガンの銃弾の嵐でさえ、こいつの足を止めることが出来ない。銃弾の雨は全て、空しくヤツの残像を貫くだけである。

気付いた時には、剛の目前にヤツがいた。

光剣の青い輝きが、まともに頭上に落下してくる。動けなかった。――というか、手を動かす暇もなかった。

「ここまでだ！」

「剛君っ」

イヴが剛の前に、庇《かば》うように走り込む。

そして次の瞬間――。

『GAME　OVER』


視界一杯に、その電光表示が現れたのを確認し、雪野剛は両目を瞬《またた》いた。

水中眼鏡のような形をした、真っ黒なビジュアルゴーグルを外す。装着していた部分が汗で濡《ぬ》れていて気持ち悪いというように、目元をざっと服の袖《そで》で拭《ぬぐ》った。

少し神経質そうな、そして皮肉っぽい顔に少々疲れが見える。やや長めに揃《そろ》えた髪をかき上げ、ため息をついてゲームマシン本体のスイッチを切った。低い音を立てて、幻想世界への入り口が遮断される。……いや、単にゲームを終えただけだが。

せっかくの日曜日を、またしてもゲームで潰《つぶ》したわけだが、後悔はない。なにしろ、一日中イヴと一緒にいられたのだから。

「でもなあ。最後のラスボスだけがどうしても倒せないんだよなあ。自分でキャラデザインしといてなんだけど。あいつ、ゲームバランス無視しまくりだぞ。ヤツの笑い方もなんか腹立つし。俺、なんであんなヤツ、デザインしたんだ」

ぶつくさ言いながら、椅子から立つ。長時間ぶっ続けでプレイしたせいか、頭がじんじん痛み始めていた。ゲームばかりしているせいか、最近やたらと頭が痛むのだった。

「くそ、ゲームのやりすぎだ」

ブツブツ言いながら首を振る。

アパートの二階窓から外を見ると、既に外は真っ暗である。またしても知らぬ間に深夜までプレイしてしまったようだ。エアコンの冷風を浴びながらの長時間プレイ……不健康極まりないと自分でも思う。いや、きょうびの高校二年生男子としては、案外これで当然かもだが。

ともかく、それだけこのゲーム――じゃなく、イヴに魅力を感じるのだから仕方ない。

なにしろ、俺はイヴの生みの親だし。


『デッドエンド』

それがゲームの名前である。

ジャンルはアクション系。ゲームそれ自体は、仮想の街に現れるモンスターやら敵側の相手やらを次々と倒していくという、今では珍しくもないタイプのゲームだ。

しかし、剛はここ二週間ほど、ずっとこのゲームにはまっている。プレイヤーとともに電脳世界で戦ってくれる存在、つまり『イヴ』というキャラに、とことん惚《ほ》れ込んでいるから。

なぜかというと、イヴをデザインしたのが他ならぬ剛自身だからだ。

今から一年近く前、さる中堅規模のゲームソフト会社が、ある一般公募を行った。

それは、制作前のゲームキャラクターのデザインを一般のユーザーから募るという試みで、入賞すれば応募した自分のキャラがゲーム中で使われる、という売り込みだった。

なにも美麗なイラストを描かねばならない必要はなく、ラフ画と、後は詳細な設定のみでオーケーだったので、応募者はそれなりにいた。

で、剛がデザインしたイヴとレインの二人が、見事採用になったというわけだ。

ゲーム自体は、はっきり言ってあまりヒットもせず、『デッドエンド』は速やかに廃《すた》れていったのだが。

今や、用意された専用サーバーもガラガラの有様である。閑古鳥《かんこどり》が鳴き、一応はオンラインも可能なゲームだというのに、ロクにプレイする者さえいない。ゲーム内に出現するのは、コンピューターが操る敵ばかりである。

普通なら剛もとうに○ソゲーと判断して、プレイ続行を投げていただろう。しかし、自分がキャラ（の一部）の生みの親だけに、未《いま》だにゲームにつきあっているのだった。

それと、ラフ画から専門のプロが美麗にイラスト化し、最終的にゲームで使うCG画像へと進化したイヴ（とおまけでレイン）の姿は十分に魅力的で、剛を今なお夢中にさせてやまないのだ。

ということで、暇さえあればこればかりプレイしている。

しかし……我ながらボスキャラの設定を誤ったかな、とは思う。

明らかに、強すぎてゲームバランスが崩れている。

なんの気なしに「こいつは全てのパラメーターを最強レベルで」と設定を書いた剛も剛だが、それを忠実に再現したクリエイターもクリエイターである。

誰も止めなかったのが驚きだ。

一人暮らしの身で多少贅沢《ぜいたく》だったが、一風呂浴びた後、剛は夕食を近所のファミリーレストランですませた。

毎月の仕送りは多少の贅沢が許される額なので、まあたまにはよかろうと思った。

すっかり暗くなった街なかを、『明日は体育があるからジャージを忘れないようにしなきゃな』などと考えつつ、剛は自転車でとろとろ走っていく。

にしても――まだ頭の痛みが取れない。本気で、少しはゲーム控えないとヤバいかもしれぬ。なにしろ、時間の経過も意識せずにプレイし続けているのだから、身体に良いはずがないのだ。

剛は顔をしかめ、片手でこめかみの辺りを揉《も》み、痛みを散らそうとした。

近道してさっさと家に帰るか……バファリン飲んで早く寝た方がいい。明日は学校だし。

というわけで、散歩気分の帰宅を早々にやめ、普段は使わない近道をとることにした。


そこは、まるで先程のゲーム画面を思わせるようなビジネス街で、もちろんのこと、昼間はそれなりに人通りで賑《にぎ》わう場所である。

しかしこんな深夜ともなれば、表通りはともかく、少し裏道に入ると、途端に疑似ゴーストタウンと化す。まるで、昼間の喧噪《けんそう》が嘘《うそ》のように静まりかえる。味気ない鉄筋コンクリートのビルが建ち並ぶだけの、人気《ひとけ》のないモノトーンの場所へと変化を遂げるのだ。

そのため、けしからん輩《やから》も頻繁《ひんぱん》に出没するらしく、『夜間は痴漢に注意』の張り紙のある電柱もあった。

もっとも、剛にとっては単なるご近所の道に過ぎない。頭の痛みを堪えながらもなんの不安も覚えず、生暖かい風に吹かれてペダルを漕《こ》いでいた。

ところが、そういう既知の道にもかかわらず、知らぬ間に見知らぬ横道に逸《そ》れていたらしい。気がつくと同じような風景ではあっても、あまり見覚えのない看板やビルが目に付くようになっていた。

情けないが、近所なのにどうも道に迷ったような。

別にうろたえはしないが、ややめんどくさくなってきた時……その間《ま》を捉《とら》えたかのようにソレが目に入った。多分、他に人の気配がなかったせいかもしれない。

人の気配が消えたビル街はいわゆる静止画のようなもので、それだけに、動いている「なにか」は目立つのである。

――そう、剛は『それ』を見た。図らずも見つけてしまった。

ビルの屋上に立つ、一人の少女を。

正確には、その誰かが少女だと確定したわけではない。

なぜなら四階建てビルの屋上の縁に立つその誰かは、適当な照明がないせいでシルエットしか見えなかったからだ。

しかし、ほっそりとしなやかな体型に、風に吹かれて横になびく長い髪を見れば、謎の人物が女性であるのは明白だ。細かいところまではまだ確認できないものの、剛は漠然と、体型からしてその女性は少女と言っていいくらいの年頃だろうと見当をつけた。

ただ問題は、なんでまた夜中の零時前に、あんな小汚いビルの上に立っているか、だ。

まさか——自殺?

数秒を経てそこに考えが至った途端、ぞっとして自転車を止めた。

と、止めないと!

でも、あの程度の高さから飛び降りて、果たして死ねるものだろうか。大怪我《おおけが》をして痛みに転げ回るのが関の山では? とはいえ、じゃあなぜこんな時間にあんな場所に立っているんだと言えば、やはり自殺の可能性が高い気がする。

自転車を止め、目を凝らして彼女を凝視している間、剛はそんなことを考えていた。

さすがにコトの重大さを自覚して大いに焦り、向かいの歩道へ猛ダッシュしようとした。自殺を止めるにしても、まずは側まで行かないと話にならない。

しかし、スタンドを立てないまま飛び降りたせいで自転車はあっさり倒れ、しかもそれが剛の腰に当たって、ガシャンとでっかい音がした。

おかげで自分も蹴躓《けつまず》きかけたが、よろめいただけでなんとか踏みとどまった。そのまま車の来ない車道を走って渡る。

問題のビルの前にたどり着き、再度、見上げた。

少女と目が合ったような気がした。

同時に、あれっと思う。

なにか、記憶に訴えてくるものがあったのだ。間近まで迫り、より鮮明になった少女のシルエットを見て、剛は非常に心惹《こころひ》かれた。

既視感……つまりデジャビュみたいに、彼女の姿になにかが引っかかったのである。

呼びかけるのも忘れ、じいっと彼女の方を見上げる。はっきりとは断言出来ないが、どうも向こうも剛を見つめている気がする。

胸がざわめく……我慢ならなくなり、なにか話しかけようとした途端、彼女は屋上から跳んだ。

そう、信じがたいことに跳んだのだ。

ためらいもなく、声一つ立てず。

呆然《ぼうぜん》として剛が見守る中、彼女は瞬く間に四階分の高さを落下し、身軽に剛の前に降り立った。

普通ならここで、剛は驚くはずだったろう。なにしろ、どんなに軽く済んでも痛みに転げ回るはずの彼女が、ぴんしゃんして着地したのだから。

だが正直、剛はそれどころではなかった。そんなことよりも遥かに重大な衝撃を受けたからである。


——なんと剛は、この少女を知っていた。

しかもこのところ頻繁に会っていたし、よく見ている顔、見慣れた姿だった。

絹を思わせる光沢を持つ長い金髪に、未来的なデザインの、身体に張り付くような戦闘スーツ。

そして、見上げていた時は気付かなかったが、右手に「世界最強のサブマシンガン」と呼ばれることもある、MC51を手にしている。

ただ、剛のよく知る相手と決定的に違うところは、どことなく虚無的な光を湛《たた》える瞳だろう。

同じ空色の瞳ではあるが、彼の知る少女の方は優しさの中にも意志の強さをうかがわせていた。

しかしそれ以外は、全く剛の知る女の子、そのものである。当然ながら剛は、その名を口にした。せずにはいられなかった。


「――イヴ！」


至近に立つ少女に呼びかける。

イヴは……無表情に首を傾《かし》げただけだった。剛を認識したような兆候はまるでない。が、こちらをじいっと眺めたまま目を逸らさないので、剛としてはさらに希望を持って呼びかけを続けようとした。

しかしそこで邪魔が入った。

車のヘッドライトが、車道の向こうから近づいて来たのだ。裏通りとはいえ、オフィス街の一角である。たまには車くらい通るだろう。

だが少女――イヴにとってはまずい事態だったらしい。それまでじっと剛の目を見ていたのに、いきなりイヴは動いた。

急速に近づく車の方をきっと見据え、突如として跳躍した。どんっと音がしたかと思うと、イヴは高く高く跳んで、またビルの屋上に戻った。そこからさらにジャンプを繰り返し、ビルからビルへと飛び去ってしまう。

彼女が去った後の歩道には、呆然として見上げる剛のみが取り残された。

（そんな馬鹿な……イヴが……ゲームの中のキャラクターが実在していたなんて）

そんなことがあったせいだろうか、剛は興奮して一睡も出来ず、珍しくも余裕をもって登校する羽目になった。

2―Dの教室に入ると、クラスメートの姿はせいぜい十人足らずで、本当に自己最高記録を更新したらしい。だいたいにおいて剛は、HRにギリギリ間に合うくらいに来るのが常なのだ。そのせいか案の定、隣席の若菜《わかな》愛海《いつみ》が目を丸くして剛を迎えた。

「――今日は午後から雨かしらね。まさか、雪野君がこんな時間に登校するなんて」

「降水確率は〇%らしいぜ」

軽く切り返し、剛は愛海の隣に座る。

なんというか、愛海とはこの鷹尾谷《たかおだに》高校に入学して以来の腐れ縁なのだが、こういう時だけはその縁が恨めしい。つまり、今は放っておいてほしいということだ。

あいにく、その願いは儚《はかな》くも潰《つい》えた。

剛の方を向き、愛海が不審そうな顔で首を傾げたのだ。後頭部に白いリボンを飾った、やや長めの髪を指で弄《いじ》り、じっと注視してくれた。密《ひそ》かにクラス中の男子の支持を集める愛海だけに、そのキツめの美人顔でジロジロ観察されると、剛といえども落ち着かない。切れ長の目がやたらと鋭いので、なおさらだ。

「……なんだよ？」

「別に。ただ、なんだか疲れてるなあって」

「……まぁな。昨晩、ちょっと眠れなくて」

「またいつものゲーム？　ほどほどにしときなさいよ、ったく」

剛の母親そっくりのお小言だった。

いや、剛のこととなると、やけに世話好きな面を見せる愛海のこと。案外、親元を離れて生活している剛に対し、母親の代わりに注意している気でいるのかもしれない。

基本的にクールなのに、妙なところで親切なのだ、愛海は。

しかし剛にとっては単なる説教以外のなにものでもなく、適当に「ああ、わかってるって」と答えるにとどめた。だが愛海はその返事が気に入らなかったのか、むっとした顔でなにか言い返そうと口を開いた。それを突然、知った声が遮《さえぎ》る。

「サブリミナルが使われているんだよ、ゲームには」

いきなりなそのセリフに、愛海はおろか剛まで虚を衝《つ》かれた。

見れば、愛海の前に座っていた佐和《さわ》祐一《ゆういち》が、いつの間にかこちらを振り返っている。話を聞いていたらしい。

ボサボサの髪に度の強い黒縁眼鏡、といういかにもな外見の祐一は、なんというか、いつも影が薄い。なので、友人でありながら剛でさえ、こいつがもう登校していたのを見逃していた。

「——急になにを言うやら。びっくりするだろ」

「全くだわ」

二人の抗議など歯牙《しが》にもかけず、祐一は学校指定の紺色ネクタイを手で直し、また同じことを言った。

「サブリミナルだよ、サブリミナル。ほら、五〇年代に某映画で問題になった、人の無意識下に働きかけてくるヤツ。政府の陰謀なんだ。さもなくば影の政府のね。人気ゲームのプログラムには、だいたいにおいてサブリミナル効果のある映像が入ってる。『服従しろ』とか『もっと働け！』とかそんなセリフと一緒に。認識できないほど瞬間的な画像だけど、確実に人の目に触れ、記憶に残る。そんなヤバい映像が、大多数のゲームに含まれているのさ」

誠実かつ朴訥《ぼくとつ》な口調で、とんでもないことを言う。愛海は相手をするのも馬鹿らしいと思ったのか、自分の髪の先を丹念に点検し始めている。

というか、祐一がこういう電波系の話題を出すのは今に始まったことではなく、なにかと言えば怪しい知識を披露してくれる。つい先日も、裏で世界を牛耳《ぎゅうじ》る、闇の組織についてみっちり教えてもらったばかりだった。それがジョークならいいのだが……祐一の場合は本気で信じ、本気で剛達に説いているのである。

だから、剛と愛海以外は気味悪がって誰も相手をしない。友人と呼べる存在となるとさらに半減する。つまり、剛一人である。愛海は無視しない代わりに、積極的に関わることもしないからだ。剛が仲介役を務めなければ、愛海も祐一と話す機会はほとんどないだろう。

とにかく、大真面目に返事を待つ祐一に対して、剛はおそるおそる尋ねた。

「……つまりおまえも、ゲームはひかえろって言いたいわけな？」

——うん。

素直に頷いた祐一を見て、愛海がため息をつく。今度はコンパクトのようなものを取り出し、櫛《くし》で髪を整え始めた。目立たないように化粧された自分の顔を、入念に点検している。……校則では一応、化粧禁止なのだが。

確かに、守っている女生徒は少ないけれど。

ともあれ、今朝の剛は、祐一の言葉を笑い飛ばす気にはなれなかった。いつだって、からかいはしても馬鹿にして聞いたことなどなかったのだが、今回は特に真剣に。

なにしろ、絶対に実在するはずのない者をこの目で見たのだ。サブリミナル効果だかなんだか知らないが、もしかしてそういう類《たぐい》の幻覚だったのだろうか、あれは。

まさかあのイヴが、ただの幻だったとか。

担任教師が入ってきたのも見過ごし、剛はじっと考え込む。

そのせいで、愛海がけげんそうに横目を使っていたのにも気付いていなかった。

こういうことを相談するのは、まず男に限る。とはいえ、いくら男でも最初から鼻で笑うような相手は論外である。

その点、剛には祐一という絶好の友人がいる。祐一なら、話くらいは聞いてくれるだろう。愛海同様、入学以来の仲でもあることだし。

というわけで、剛は昼休みになると同時に祐一を誘い、購買でパンを買って中庭に出た。珍しく愛海が、「あたしも一緒に行くわ」などと申し出たが、もちろん丁重にお断りした。こんな話をしたが最後、向こう半年くらいはからかうネタにされるに決まってる。そういうのはごめんである。

幸いにしてこの蒸し暑いのに外で食事をしようという猛者《もさ》はほとんどおらず、中庭に設置されたベンチに先客はいなかった。

座るや否や、剛はさっさとパンを平らげ、背中を丸めてもそもそ食べている友人を待つ。いや、食べ終わるのを待つまでもなく、もぐもぐやりながら向こうから訊いてくれた。

「それで、話って？」

剛は、ためらいつつも全て話した。――一切合切、全部。

期待通り、祐一は吹き出したりしなかったが、かといっていつもの電波な返事もしなかった。

「う～ん……」

ジャムパンの空袋をクシュッと丸め、購買の茶色い袋に放り込む。改まった顔で剛を見た。

「剛君は――」

言いかけ、なにか考えをまとめるように手を額に当てる。ちなみに友人同士なのに、祐一は未だに剛を君付けで呼ぶ。

「剛君は、そのイヴって子を実際に見た。しかもゲームと同じ服装だった、と。それで、手で触れてみた？　それとも声を聞いたとか？」

「あ、いや。さすがに触ってないし、声も聞いていない。なにかしゃべる前に、車が向こうから来て」

「その子は跳んで逃げた……てわけね」

こっちのセリフを引き取った祐一に、黙って頷く。

「それだけだと、幻覚の線も捨てきれないなあ。ゲーム疲れと頭痛が相互作用して、ハイウェイヒュプノシスみたいな幻覚を見せたかもしれない。せめて相手に触れてたら、まだわからなかったけど」

去年、ユ○ヤ陰謀説を声高に説いていたとは思えない、理性的な返事である。

意外だった。

「その、ハイウェイなんとかってなんだ？」

「ああ、ごめん。えっと、『感覚遮断性幻覚』ってのが正式名称なんだけど。車のドライバーが見るような幻覚を指すんだ。高速道路みたいな単調な道を延々と走っていると、時に見るらしいよ。幻の歩行者を目にして、いきなり急ブレーキ踏んだりとか。もちろんその幻覚現象自体は、条件が合えば他の状況でも起こり得るわけ」

「はあー。そんなのがあるのか」

初耳である。

祐一は続けて、

「でもまあ、対象に現実に触れられたとなるとまた話は別。だから訊いたんだ。『手で触れてみた？』って」

「――いや。だけど、会ったばかりの子にいきなり触ったり出来ないだろ、普通は」

「なんで？　自分が創造したキャラだと思ったんでしょ。触れて都合が悪いはずもないと思うけど」

平然とそんなことを述べるのが、さすがに祐一である。

どこまで本気で言ってるのか知らないが、こういうところ、こいつは確かに人とズレていると剛は思う。

まあ、今や自分も人のことは言えないわけだが。まともなヤツがあんなモノを見るはずがない。しかし、「あるいは幻覚かも」という線が濃くなると、大いにがっかりしたのも確かだ。あれほどリアルな遭遇《そうぐう》が幻覚だとは、ちょっと信じられない。

「とにかく、今の時点ではまだそれが幻だか現実だか断定出来ない。もしまた出会うことがあったら、いま僕が言ったことを思い出して、相手をよく観察してみてよ。全てはそれからだね」

そう言いながら、祐一はなぜか剛をじいっと見つめた。剛が「なんだよ？」という風に見返すと、微《かす》かに首を振って視線を逸らす。

目の前にある松の木をぼ～っと見やり、いつものボソボソ声で言った。

「ここで、はっきりさせとかなきゃいけないと思うから言うんだけど――。ゲームキャラが実際に現実世界に飛び出して来ることはあり得ないと思うんだ」

「え……いやしかし」

絶句した剛に、祐一は淡々と続ける。

「ああ、勘違いしないで。剛君の話を疑っているわけじゃないから。ただ僕が言いたいのは、多分その遭遇の裏にはさ、計り知れない闇が潜《ひそ》んでいるんじゃないかなってこと。ちょっと訊くけど、そのイヴって子をキャラデザインした時、剛君はどんな感じだった？」

「どんな感じって言われてもな。——ただ、ひどく強いイメージが頭の中にあった。もう一人のレインも含めて。だから、作業はサクサク進んだけど」

「強いイメージ……まるで、過去に実際に会ったみたいに？」

剛はまじまじと友人の顔を見返した。

蒸し暑さが減じ、代わりに底冷えするような悪寒《おかん》がじんわりと生じる。強固だった足下が、急に頼りなく揺らいだ気がした。

多分、今の自分はひどく怖《お》じ気《け》づいた顔をしているのではないか。

祐一は剛の顔を見てそっと首を振った。

「まだなにもわかってないんだから、あまり気にしない方がいいよ。なにもないウチから心配してもしょうがないでしょ」

「……そうだな。そりゃそうだ」

「第一、僕としてはちょっとうらやましいんだけどね」

「相手が可愛い女の子だからか？」

「それもあるけど……なんだか凄《すご》いじゃない。そんなことに遭遇するなんて。つまらなくて平凡な日常とかけ離れてて」

おいおい、もっと前向きに生きようぜ——そう返しかけた剛だが、結局は沈黙を守った。なぜなら、剛自身も多少は、祐一と同じ気持ちだったからだ。

去年の三月に引っ越してきて、この六月で一年と三ヶ月……世間話をする友達は何人かいるが、本物の友人と呼べるのは祐一と愛海くらい。前に住んでいた街での生活だって、実に薄っぺらく希薄なモノでしかない。特筆すべきことはなにもなかった。それだけ、退屈な日々を過ごしていたという証拠だ。

しかも、進学と同時に家を離れたので、今は帰りを待ってくれる人もいないし……たまに、世界の中で自分だけが孤立している気がする。都会に住んでいながら、心の中は常に乾ききっているのだ。

「なに？　もう話は終わったの？」

いきなり、上から声が降ってきた。

二人揃って目線をあげると、愛海がこちらを見下ろしていた。リボン付きの制服のブラウス、そのほどよく膨《ふく》らんだ胸の下で腕を組み、剛と祐一を見比べている。少し機嫌が悪そうだった。

「二人とも、薄情なんだから。本当にさっさと行っちゃうし。あたしも誘ってくれればいいのに」

「なんで今日に限ってまた？」

剛がいぶかしい思いで訊き返すと、愛海は「ボケてるの？」とでも言いたそうに眉《まゆ》をひそめた。

「一緒に食べようって誘ってるのに、いつも断るのは雪野君の方じゃない！」

「あ、そうか。いや……でも」

変に噂とかになったらアレだろ？

そう言いかけたがやめた。言い訳するのも馬鹿馬鹿しい話である。

すると愛海は、剛が自分の非を認めたとでも思ったのか、さらに言い足した。

「それに、今日はなにか秘密の話があったんでしょ？　雪野君、今朝から様子が変だものね」

「鋭いね、若菜さん」

祐一がやたらと感心する。

なんだか論点がズレているが、愛海が常日頃から、剛に関して妙に鋭い勘を発揮するのは事実だ。いや、元々こいつは鋭くて切れるヤツなのだが。

「まあ、話の内容的にちょっと若菜には打ち明けられなくてな。……女の子の話題だし」

面倒になって、わずかばかりの真実を含ませつつ、適当な返事する。愛海はしばらく押し黙った後、つまらなそうに鼻を鳴らした。

理由を聞いて気が済んだのか、未練なく背を向けた。

「もうすぐ予鈴が鳴るわよ。いい加減に戻ったら？」

捨てゼリフを残してさっさと行ってしまった。

背筋の伸びた後ろ姿をまぶしそうに見送り、祐一がおずおずと「いいの？」などと訊く。

「なにが？　多分、勘違いしてそうだから言っておくけど、愛海にはちゃんと好きな人がいるんだぜ。俺、前にちらっと聞いたし」

「へ、あれ――」

「なにが、『へ、あれ』だよ」

苦笑して立ち上がった。

「つまんない話を聞かせて悪ぃ。お陰でちょっと落ち着いた。ほら、教室へ戻ろうぜ。予鈴はともかく、ここは暑すぎるし」

「あ、ああ。そうだね」

なんだか釈然としない様子の祐一だったが、剛はそれ以上説明せず、さっさと先に立って歩き出した。


――あれは幻だったんだろう。

いつまでもこだわっていないで、もう諦《あきら》めよう。祐一と話した後、一度はそう考えた剛だったた
……のだが。

帰宅して、いつも通り『デッドエンド』をプレイしていると、落ち着かなくなるのは仕方ない。

ゲームの中のイヴは、いつもと変わらず、有能なパートナーとして剛を迎えてくれる。

そのしなやかな肢体や笑顔を見ていると、いつもなら自然と癒《いや》される――はずなのに。

今日に限っては、嫌でも昨晩の出来事（あるいは幻）が思い出された。

なるほど、ゲーム内のイヴは素晴らしい。

自分がキャラデザインしたため、というのも大いにあるだろう。しかしやはり、所詮《しょせん》ゲームはゲームであり、昨日見た実物のイヴとは、リアリティーにおいて比較にならなかった。こんなことを考えるのは、昨晩の記憶があればこそだが。

それはとりもなおさず、昨晩の幻覚が幻覚とは思えないほどはっきりと、細部までしっかり記憶に残っているということに他ならない。それどころか、ゲーム内のイヴをきっちりと補完し、完全な形で抜き出したのが、昨晩のイヴ——そんな気がしてならないのだ。

もちろん、それはなんの根拠もない妄想のようなものだけど。

——電話が鳴った。

ゲームを停止し、ビジュアルゴーグルの真っ暗な画面をぼ～っと眺めていた剛は、反射的に身を強《こわ》ばらせた。顔をしかめて、机の隅に手を伸ばす。

受話器を取ると、いつも通りの落ち着いた声がした。

「なんだ、母さんか……。あ、いや。うん、ごめん。ああ、こっちはなにもないよ。相変わらず。うんうん……わかってる、夜更かしはしないって。うん、勉強もちゃんとする。——え、なにか変わったこと？　いや、そんなのなにもないよ……え、本当かって？　ひでぇな、息子を疑うわけ。とにかく！　元気でやってるし、特に変わったこともない。だから、心配いらないって」

いつもお説教をしたがる母だが、今日は普段にも増してなかなか解放してくれなかった。剛の口調が、いかにもさっさと話を切り上げたいような感じだったせいだろう。そういうことには敏感なのだ、母は。

まあ、一人でアパート暮らしをする息子を、心配してくれているのはわかるのだが。

やっと解放されて受話器を置いた時、剛はなんだかどっと疲れてしまっていた。

全く、たまにこちらから連絡を取ろうとするとなかなか電話に出ないくせに、自分は気安くバンバン電話してくるのだ。

気まぐれな母親には困ったものである。


二晩連続の外食は、さすがに財政上から見てよろしくないのに、剛は今日もファミレスでの食事としゃれ込んだ。

別に適当に自炊で済ませてもいいのだが、無理に用を作って外出したのである。それは心のどこかで、「またイヴに会えないだろうか」と期待していたからだ。

だから、食事を終えるのも昨晩とほぼ同じ深夜の時間帯を選び、自転車で同じ道を通って家路をたどる。自分でも恐ろしく馬鹿馬鹿しいことをしている気がするのだが、そうせずにはいられないのだから仕方ない。

ただ、昨日はたまたま道に迷ってあの場所に至ったのであって、もう一度あそこへ行こうにも、もう道順を忘れてしまっていた。自転車をすっ飛ばしつつ、興奮して帰宅したせいか、全然場所を覚えていない。

ビジネス街を愛車で散々走り回り、ついに途方に暮れてペダルを漕ぐのをやめた。いい加減疲れたし、第一、もうすぐ日付が変わる時間だ。おまけに全身汗だくである。一体自分は、なにをやっているのだろう。

サラ金の看板がやたらと目立つビルの脇に愛車を止め、剛は情けない思いで呼吸を整えた。

『助言をしようか?』

突然、背後から声をかけられ、剛は一瞬呼吸が止まった。ややあって、そろそろと振り向く。

ネズミ色に変色した細いビルの前に、シャッターにもたれるようにして一人の男が立っていた。

細身の身体にきちんとスーツを着込んでいるが、どこかとぼけた風情の男である。

ポケットに両手を突っ込んでいるのはともかく、さらに片足を曲げ、靴底を背後のシャッターに押し付けたりしている。

服装は真っ当なくせに、随分と不真面目なポーズだ。

ただし、一応表情だけは真面目そのものである。これといって特徴のない、しかも年齢のわかりにくい顔をしている。

剛は、警戒心を強めて自転車ごと後ずさりしたが、男は気にした様子もなく、いま一度同じセリフを吐いた。

「助言をしようか?」

「あんた、誰？」

「……つれない言い方だね」

男は首を振り、

「おそらくだ。君は今、運命の岐路《きろ》に立っている。僕はいわば、君が自分の運命を選択する手伝いをするために現れたのさ。昨日の君は幸運だった。だが今晩は、昨晩のような偶然は期待出来ないだろうからね。世の中、そこまで甘くない」

なにを言ってんだ、こいつ。

剛はかえってうさんくさい思いを募らせた。この男、どう考えてもヤバいと思う。言うことが祐一以上に電波入ってるし。

それと……ついさっきまで、確かにそこに誰もいなかったはずだと思う。こんな至近で、気付かないはずがないのだ。こいつ、一体いつ来たんだ？

「わかっている」

謎の男はほがらかに言う。

「君は僕のことをイカレたヤツだと思ってるし、ある意味でその認識は正しい。実際、君に話しかけた時点で、僕は十分に禁忌を犯している。だから、僕の助言を信じるかどうかは、君自身に判断を委ねよう。……少女は、この先のショッピングセンターの裏手にいる。彼女との再会を望むなら、急ぎたまえ。今ならまだ間に合うだろう」

「な、なんっ――」

「聞こえなかったのかね？　急ぎたまえ！　質問などしている時間はない。もう少ししたら、取り返しがつかなくなるぞ」

それまでの飄々《ひょうひょう》とした声音が、急に鋭いものに変化した。それは本物の迫力が籠《こ》もった叱声《しっせい》で、剛は他愛なく気圧《けお》された。

もう何も口答えせず、剛は反射的に自転車を発進させた。立ち漕ぎで、言われた方角へぐんぐん突っ走る。男に押し切られたというのもあるが――もし彼の言う少女＝イヴなら……自分にも異存はない。

今の男の正体がなんであろうと、イヴにもう一度逢えるのなら、幾らでも急ぐさ！

それでも――剛は走りながら、最後に素早く振り向いた。

が、汚いネズミ色のビルが目に入っただけだった。男は……いつの間にか姿を消していた。

五階建ての巨大なショッピングセンターの裏手へ曲がると、かなり先に二人分の人影があった。確かに多少の期待はしていたが、実際にイヴの背中を遠くに見て、剛は大いに驚いた。同時に心の底から喜びが込み上げてくる。

あのたおやかな背中と金髪は、まぎれもなくイヴだ、彼女に間違いないっ。今日は昨晩とは違う服装だが、たとえ私服でも彼女を間違えるもんか！

こうなるとイヴは幻覚じゃないかも――。

「助けてくれ！」

いきなり叫ばれ、剛はぎょっとした。

暗くてよく見えないが、イヴの前に誰かがいて、その誰かはなぜか万歳している。自転車を飛ばして近づくにつれ、そいつがくたびれた中年の男だとわかった。

「い、イヴっ」

なにがなんだかわからないまま、剛は怒鳴った。

イヴの肩が小さく震えた。

勢いを保ったまま、剛は彼女の隣へ自転車を滑り込ませる。耳障りな急ブレーキの音とともに停止し、そして絶句した。

イヴは――銃を構えていたのだ。

真っ直ぐに手を伸ばし、銃口を目の前の男に向けて。中年男は、なにも万歳していたわけではなく、ホールドアップの姿勢をとっていたのだった。

「ど、どういうことだよ、イヴ」

彼女は何も答えなかった。

左手にＭＣ５１、右手にはデザートイーグル。

で、その右手を下ろしもせず、ただ不思議そうな顔で剛を見ている。

ゲームで見たような、身体にフィットした戦闘服に似たものを着用しており、その完全武装の姿はモロに女戦士の風情だ。

「……イヴ？」

お互いに馬鹿みたいに見つめ合っていると、変化が訪れた。

「う、うわ——っ」

完全に忘れられていた中年男が、ぱっと背中を向けて逃げ始めたのだ。

途端にイヴが反応した。

流れるような動きで正確に男の背中へと、銃口の向きを修正する。明らかに訓練された動きであり、攻撃へ移行する予兆だった。

剛はとっさにイヴの手首を摑《つか》み、力任せに持ち上げた。別に、明確に「止めよう」という気があったわけではない。まだそこまで状況を理解していなかった。これは、あくまでも反射的な行動だ。——結果的に、それが幸いした。

多分、逃げた男にとっても、そして剛とイヴの双方にとっても。

なぜならその瞬間、まさにデザートイーグルが火を噴いたからだ。大気を揺るがせる轟音《ごうおん》を響かせ、極太のマズルフラッシュが数十センチも銃口から伸びた。

ゲームなどとは違い、本物の銃の発射音はぎょっとするくらい音が大きく、隣にいた剛は耳がジーンとなった。膝《ひざ》まで派手に震え出している。

それでも、彼女が実際に引き金を引いたことがショックで、思わず怒鳴っていた。

「馬鹿、殺す気かっ」

怒鳴りつつ思う。

おいおい、雪野剛よ。おまえ、状況がわかっているか？　なにを寝言をほざいている？　もちろんこの子は今、相手を殺す気だったんだ！

考え事などしている場合ではなかった。イヴは突然、機械のように無駄なく確実な動きで左手のサブマシンガンを投げ出し、片手で剛の胸ぐらを摑んだ。

どこをどうされたのかさっぱりわからない。

わからないが、気がついたら視界が天地逆さになり、頭上が道路になっていた。イヴに軽々と持ち上げられ、投げられたのだとわかったのは、アスファルトに落ちた後である。

偶然、体育で習った受け身の体勢を取っていたのでまだダメージは少なかったが、もしも頭を打っていたらそのまま気絶していたかもしれない。

痛みに呻《うめ》く剛の胸を片足で踏んで固定し、イヴがデザートイーグルを向けた。

真っ黒な銃口をモロに覗《のぞ》き込み、剛は血の気が引いた。

掠《かす》れた声で叫ぶ。

「俺だ、イヴ！　俺だよっ。よく見ろ！　俺が誰だかわからないのかっ」

効果はあったらしい。

がっちりとこちらの額に狙《ねら》いが定まっていた銃口が大きくぶれ、イヴが眉をひそめた。

言われた通りにじっと剛を見つめ、そしてその結果、一応はなにかを感じたらしい。

剛は彼女を刺激しないよう、空色の瞳から視線を外さずそっと囁《ささや》いた。

「そう、俺だよ。俺の言うことなら聞いてくれるよな。さ、足をどけてくれ」

イヴが、そのセリフを理解したかどうかはわからない。しかし、少なくとも足はどけてくれた。数歩下がり、じいっと剛の目を見ている。

お陰で、剛はそろそろと立ち上がることが出来た。

「そ、そう……それでいい……」

優しく言い聞かせつつ手を伸ばし、ゆっくりと彼女の手から銃を取り上げる。安全装置をかけてから、ずしりと重いそれを自分のズボンのベルトに挟み、ほっと息をついた。額の汗を拭ってイヴを見る。

「これは俺が預かっとくから」

イヴは賛成も反対もしなかった。

ただ、黙ってじいっと剛を見返していた。


どうなってるんだ?

この子、ゲーム世界のキャラのハズなのに。

なにか……妙なことになってきたぞ。

剛は、思わず救いを求めるように辺りを見渡した。

だがあいにく、猫の子一匹いなかった。

第二章　イヴという少女

イヴが自分から歩こうとせず、いつまで経ってもこちらの顔を見つめて突っ立ったままなので、剛はイヴの手を取り、引っ張るようにして帰途についた。

家に連れ帰っていいものかどうか迷ったが、「家はどこ？」と訊いても、なにも答えないのだから仕方ない。

ただ、口が利けないというわけではない。

帰宅途中、何気なく、「なんであの中年男に銃なんか向けてた？」と尋ねると、「その質問に答える自由がない」と言われた。

まさか返事をするとは思わなかったので、剛は焦ったくらいだ。しかし……答える自由がない？　なんだそれ？

一応疑問は保留しておいて、「君の名は？」と尋ねると、はっきりと「イヴ」と答えた。

ある程度は当然の返事だったが、やはり改めて名乗られると驚きである。

しかし、驚きやとまどいの後には、ただ純粋な喜びが押し寄せてきた。

剛は、自然と動悸が激しくなってくるのを抑えられなかった。どう取り繕《つくろ》おうと、ひどく感激していたのは間違いない。期待感が高まるというか。

この子は、自分が「イヴ」であると認めた。なあ祐一よ、これが偶然や幻覚か？　名前まで俺のキャラと同じなのが、幻覚だっていうのか？

この――雪野剛の空想上のキャラに過ぎなかったイヴが、こうして目の前にいる。

喜んでばかりいられる状況じゃないけど、これってかなり凄くて、しかも素晴らしいことじゃないだろうか。


アパートの部屋に帰ると、正直、ほっとした。なにしろ自動拳銃と予備弾倉を含めたサブマシンガンの、二丁の銃器を運んできたのだ。幾人かに見られてしまったが、その都度、わざとらしくサバイバルゲームについて話す振りをしてごまかした。とりあえず、「本物じゃないか？」とまで疑う人はいなかったと信じたい。おまけに、イヴの格好が格好だし。

とにかく、帰り着くと玄関口で所在なさそうに立っているイヴを部屋へ上げ、六畳間のソファーに座らせてあげた。

イヴは完全に剛の言いなりで、全然逆らう様子を見せない。試しに目の前で手を振ってみたが、なんの反応もなかった。

この無表情さは一体なんなのだろう、と思う。この部分だけが、剛の設定したイヴと全然違うのだ。自分もイヴの横に座り、色々尋ねてみるのだが、まるで満足な答えが返ってこない。ぴっちりした漆黒のバトルスーツの膝をきちんと揃えて座り、剛をひたすら見つめている。その、瞬きすら節約しているようなイヴの様子に、剛は落ち着かない気持ちをこってりと味わった。

「どうやってゲームから抜け出してきたのかな？」

——沈黙。

「年は幾つ？」

「十六歳」

「あ、それは答えられるわけだ。なら、現住所は？」

「答えられない」

「むぅ」

剛は心底弱った。

肝心なことは、ほとんどなにも言わないのだ、イヴは。成果は、年齢と名前だけか……しかも、どちらも既に知ってたし、俺。なにしろ、イヴを創造したのは俺自身なんだから。

しかしこの子には、創造者の剛自身も知らない秘密が隠されているのは確かだ。単純に、「ゲームキャラが現実世界に現れました」なんて考えるのは危険だと思う。

それだとイヴの所在を教えてくれたあの謎の男やら、殺されそうになっていたあの中年の説明がつかない。それらは、剛の全く与《あずか》り知らぬことなのだから。

「待てよ！　そうか。質問の方向性を変えればいいんだ。——なあイヴ、昨晩はどこにいたんだ。俺と出会った後、どこに帰った」

今度は、答えがちゃんと返ってきた。

それも、剛がまるで予期しない内容で。

イヴはこう答えたのだ。

「所属する組織内部の、私にあてがわれた部屋にいた」

「……なんだって」

剛は目を見張り、まじまじとイヴを見返した。


夜更けまでイヴに色んな質問をした剛だが、さして成果は挙がらなかった。

しまいにはあきらめ、先にイヴを寝かせ（寝るように言うと、たちまち眠ってしまった）、剛もようやく寝付いた。

数時間ほど睡眠をとる。で、朝起きてドアのポストから新聞を抜こうとすると、一枚の紙切れがはらりと落ちた。

どうやら新聞に挟み込むように、誰かが入れたらしい。

広げると、なかなかの達筆でこう書いてあった。

『学校を休むつもりなら、やめておきたまえ。今は、普段と違うことをしない方がいい。変化は人目につく。あえて危険を冒さぬように』

脳裏に、昨晩出会った飄々とした男の顔が浮かんだ。

他に、心当たりはない。

剛は、紙切れを睨《にら》み付けながら、しばらく考える。……結局、忠告に従うことにした。

どうやらイヴは、剛が命じない限りは勝手にうろつく気遣いはなさそうなので、まあ登校出来ないこともない。

ただ——これは、一人で抱え込むにはハードすぎる。

正直、剛はそう思った。

なので、その日の昼休みにまたしても祐一を、今度は屋上へと呼び出した。ぜひ意見を聞きたかったのだ。

「う～ん……」

祐一は、黙って最後まで話を聞くと、ボサボサ頭を手でかきむしった。

二人以外に誰もいない屋上を見渡し、食べかけのパンが入った袋すら顧みず、じっとこちらの顔を観察する。

剛は屋上縁の鉄柵にもたれたまま、宣誓でもするように右手を上げ、しっかり誓った。

「気は確かだ。狂っちゃいない」

「いや。それは疑っていないよ、うん。第一、この僕に正気を疑われるようじゃ、もうお終《しま》いでしょ。学校に来るより、病院に行った方がいい」

「……ははは。かもな」

二人で苦笑を見せ合い、そのまましばらく黙り込む。遠くの方で、カラスの鳴く声が微《かす》かに聞こえる。祐一は眼鏡のレンズの奥で、遠い目をして考え込んでいた。

「とにかく——」

一分ほど後、ゆっくりと切り出した。

「剛君が気にしてるのは、そのイヴが『組織』なんて言葉を出したせいでしょう。自分が創造したキャラにしては、どうも変だ。それが気になるんだよね？　別にイヴの存在自体は歓迎すべきことだと思ってる」

「ああ。全くその通りなんだ、これが。おまえ、上手《うま》く要約してくれたよ」

あっさりと「警察へ行きなよ」と言われなかったのが嬉しくて、剛はニヤッと笑った。

祐一も、小さく笑い返して「そりゃどうも」と軽く頷いた。

「で、その組織について、それ以上聞き出せないかやってみた？」

「もちろんさ！　けど……無理だった。色々と質問を変えてみたんだが、どうでもいいことしか答えないんだ」

「なるほどねぇ、そこだなあ。もしかしたら、誰かに情報統制されてるのかも。下手《へた》なこと言わないように暗示を掛けられているとか」

「おいおい……誰にだよ？」

「そりゃ、その『組織』の誰かにでしょ」

「漫画とかに出てくる、秘密結社じゃあるまいし……」

「どうしてそう思うのさ？　案外そうかもしれないじゃない？　相手はそういう類の組織かもしれないよ」

むしろ不思議そうな顔で、祐一は剛の目を覗き込んだ。

「事態はもう十分、僕らの理解を超えた展開を始めてるんだ。なにがあったって不思議じゃないよ。それこそ、秘密結社だって、ね。剛君だってもう、まさかそのイヴが自分の創造したキャラだ、なんて単純には思えないでしょう」

「そりゃまあ……。でも、秘密組織とか結社とか言われてもなあ」

「それは剛君の認識不足だよ。実際は秘密結社っていうのはそれほどオカルトチックな話じゃないんだ。むしろ、ありふれた話なわけ。現実に政治の世界に食い込んだりしているんだから」

「本当か？　その……与太話《よたばなし》じゃなくて？」

「違うよ。ひどいなぁ。僕が日頃散々説明したの、実は真剣に聞いてなかったでしょ」

「……悪い」

いや、普通は真剣に聞かないだろ、そんな話。

剛はそう思ったが、口にはしなかった。

「まあいいんだけどね。──とにかく、比較的近代の話で、大事件になってニュースで報道された例としては、イタリアの『P2事件』があるね」

「それが……秘密結社絡みの？」

祐一は大真面目で頷き、

「詳細は省くけど、一九八一年にあった。クーデターまで視野に入れていた秘密結社に、閣僚や政治家が大勢参加していたんだ。彼らは表向きは普通の常識人を装っていたけど、裏では真面目に──いいかい、ここが大事だよ。彼らは『大真面目に』、現体制の崩壊や世界の変革を狙っていたらしいんだ。お陰でそのもくろみが発覚した時、当時の内閣は大激震に見舞われて崩壊しちまったんだよ？　それでも……バレたから良かったものの、もし彼らの思惑通りに運んでいたら――」

「その当時のイタリアは、秘密結社が政権を握ってしまっていた、というわけか」

「そういうこと」

ずり落ちた眼鏡を押し上げ、祐一は重々しく首肯《しゅこう》する。

「だから、秘密結社ってのは決して子供の絵空事じゃない。現実に裏世界じゃかなりの勢力を持っている。結社として有名なフリーメーソンが、世界規模の組織だってのを忘れちゃいけない」

「そ、そんなに凄いのか？」

はっきり言って、剛は初耳だった。

そのなんとかメーソンというのは、聞いたことがあるような気がするが。

「凄いんだよ、ホントに。フリーメーソンのグランドロッジ……つまり支部みたいなのは、東京タワーのすぐ近くにあったはずだし。しかも、あそこは平和的な組織だけど、僕らが知らないだけで、他に世の中にどんな組織があるかわかったもんじゃない。事実、名前が知られているだけでも、無数の結社があるしね。もしかしたら、世間には、まるで知られず、何百年も活動している組織もあるかもしれない。それらが、実際にどんな有名人をメンバーに擁し、どれだけの力を持っているか……警察や政府だって正確に把握しちゃいないよ、絶対。Ｐ２事件みたいに彼らのやり口が明るみに出るのは、ごくごくまれなのさ」

口を半開きにしたまま、剛はなにも言えなかった。

不動だと信じていた大地が、ガラガラと音を立てて崩れたようなものだ。

そして、祐一の話はまだ続く。

「ついに闇に葬《ほうむ》られた事件としては、ケネディー大統領の暗殺なんてのもある。犯人は、リー・ハーベイ・オズワルドっていう人物だとされているけど、彼にあの狙撃が不可能だったのは、状況証拠から明らかなんだ。第一、凶器とされたイタリア製のカルカーノって銃も、そんなに精度の高い銃じゃない。お陰で彼は、『世界一の狙撃手』なんて皮肉られているくらい。さらにその後、彼自身も、ロクに調べが進まないまま、暗殺されてしまう。事件は闇から闇さ。この事件なんて、裏で結社の動いている臭《にお》いがプンプンするね」

さんさんと照りつける初夏の日差しが、急に陰ったような心細さを覚えた。

なにか、近くに人が潜んでいそうな妙な悪寒がする。先程から、誰かが自分達を観察している気がして仕方ないのだ。無論、気のせいだろう。屋上を見回しても、剛達以外に人影はない。こんな話を聞いたから、気味が悪くなったのだろう。

祐一はどこまでも真面目で、しかも落ち着いた語り口であり、剛を不安にさせてくれた。なによりも、イヴの告白もある。立場的に笑い飛ばせる話ではないのだ。

今になってようやく思う。

イヴは……一体どこから来たんだ。俺のデザインしたキャラが現実化したわけじゃないのか？

だとしたら、どうしてそんな「あり得ない偶然」が起こった？

たまたま出会った秘密結社の一員が、自分のデザインしたゲームキャラと瓜二つだ？　そんな話、誰が信じるっ。

剛が黙り込んでしまったのを心配そうに眺め、祐一は柄《がら》にもなく遠慮深そうに尋ねた。

「それで、そのイヴって子は今どうしてるの？」

「あ、ああ。今は家で留守番。じっとしてろって言っといた。一応、俺の言うことには従ってくれるんだ、消極的にだけど。……だから、『やっぱり俺の創造したキャラだ』って思ったんだけどな」

「まあ、気持ちはわかるよ。それにしても、その子の様子だと、ますます暗示に掛かってる可能性が高いなあ。誰かが心を縛っているんだと思う」

「じゃあ、なんで俺の言うことに素直なんだ。理屈に合わないだろ」

「そこは謎だねえ」

二人して考え込む。

もちろん、考えたところで答えが見つかるわけもなく、剛はすぐに投げた。

それよりも、切実な問題がある。

「なら、仮にイヴが暗示に掛かってるとして、それを解く方法ってないか？」

「う〜ん……。というか、それが暗示だとして、その子に施されたそれは、かなり強力だと思うんだよ。普通、『人を殺せ』とかいう命令には、たとえその手の術を使おうと拒否するのが人間ってもんなんだ。なのに、彼女はやろうとした。明らかに、普通じゃあり得ないことだね」

「じゃあ……俺達じゃ到底手に負えない——そういうことか」

「……ごめん」

「いや……謝るなよ」

二人してどっと暗くなり、俯く。

そこでいきなり屋上の鉄製ドアが開き、愛海が顔を覗かせた。剛達を見て瞳を見開く。

背筋を伸ばし、真っ直ぐにやってきた。

風になびく髪を手で押さえ、顔をしかめてガミガミ叱りつけてくれた。

「なにしてるの、二人して！　もうとっくに昼休み終わったわよ。聞こえなかった？」

『——あっ』

二人とも間抜けな声を上げる。

話に夢中で、まるで気がつかなかったのだ。

条件反射的に、慌てて出口へ向かう。せかせか歩く祐一に続き、屋上から出ようとした剛だが、いきなりがくっと足が止まった。

後ろから愛海に二の腕を掴まれたのだ。

「なんだよ。おまえの言う通り、今、極限状況なんだけど」

「自業自得《じごうじとく》でしょ。それより、あたしがわざわざ迎えに来たお礼はなし？」

「あ、そうか……」

督促かよ、と思わないでもなかったが、受けた好意は好意である。剛は文句を控え、軽く頭を下げた。

「悪い……助かった」

「わかればいいのよ」

愛海は少しだけ表情を緩めた。

生来の美人顔故《ゆえ》に、厳しい顔つきだとかなり怖い。こっちの方がいいな、俺は。

剛はこっそりそう思う。

「なにじっと見てるの……やぁね」

早速文句をつけてから、愛海は声を低めた。

「ね、なにを話してたの？」

「別に。強いて言えば、現代の世界情勢――かな」

「はいはい、そうでしょうとも」

愛海はたちまちむっとした顔に戻り、手を放す。

「どうせあたしには内緒なのよね。薄情なんだから」

怨《えん》ずるように上目遣いで見上げる。

剛は落ち着かない気分になり、

「なんでまた知りたがるんだよ、そんなどうでもいいこと」

「別に。強《し》いて言えば、そこに秘密があるから」

「早速仕返しか……」

「どうかしら。それとも、雪野君のことはなんでも知っておきたいから——なんて言ったら、信じてくれるの？」

わざとだろうが、誘惑するような声だった。

愛海の切れ長の目は、全く笑っていなかったが。

「——よせやい」

剛は会話を切り上げ、さっさと屋上を出た。からかわれただけだと思ったが、五階の踊り場へと階段を下りる途中、不覚にも頬《ほお》が熱くなっていた。

放課後、誰よりも先に教室を出て、靴を履《は》き替える間ももどかしく校舎を飛び出した剛を、背後から祐一が呼び止めた。

「剛君！」

「なに？　悪いけど俺、急いでんだ」

「わかってる、事情はわかってるよ。ただ、昼間言い忘れたことがあってさ」

「というと？」

「うん。そのイヴ君のことだけど」

祐一は辺りを見渡し、ためらいがちに言った。

「確か、その子のことを教えてくれた人がいたんだよね—」

「うん。なんだか印象の薄い、妙に軽そうなヤツだった」

「つまり、少なくとも彼はそのイヴ君の正体を知っている可能性があると」

「そう……なるのか」

「でしょ。だからさ――」

眼鏡を押し上げ、祐一は一層声を低めた。

「気をつけなよ、剛君。その人は敵じゃないとしても……とにかく、どこかに敵がいるんだ。まだ姿は見えないけど、必ずね。だから、くれぐれも注意しなよ」

「そうだな……イヴを取り戻しに来る奴がいるかもしれないもんな。忠告、真面目に聞いとく。すまん」

言葉とともに目で感謝を伝え、大きく頷く。

そのままなんとなく目線を上げたのだが――。視線の先に、じっとたたずむ愛海が見えた。昇降口を出たところで、剛達の方を不機嫌そうに見ていた。

剛と目が合うと、ぷいっとそっぽを向いて歩き出す。わざわざ二人を大きく避けて歩き去った。

「なんだ……あいつ？」

「おもしろくないんでしょ、そりゃ」

祐一が申し訳なさそうに愛海を見送り、ぼそっと言う。

「剛君、普段は若菜さんと話すことの方が多かったじゃない？　なのに、急に隠し事なんかするもんだから、裏切られた気分なんじゃないかな。……剛君も、相手は女の子なんだからもう少し気を遣わなきゃね」

よりにもよって、祐一に叱られてしまった。

「しかし……あいつ、そんなウェットな性格だったか？　クールで、割り切ったつきあいをするヤツだと思ってたけどな」

「そういう面もあるだろうけど、でもそんな面ばかりじゃないよ。若菜さん、友達思いだし、結構、優しいじゃない。特に、僕らにはさ」

祐一はセルフレームの眼鏡の奥で、まだ愛海の制服姿を追いかけている。

思わず「応援してるぜ」とか言いそうになったが。

でも残念ながら、愛海には既に意中の人がいるらしい。いつだってそうだが、世の中、なかなか思い通りにはいかないのだ。


「ただいま。――入るよ」

帰宅した剛は真っ直ぐ奥の部屋を目指し、一応は声をかけてから襖《ふすま》を開けた。

いきなり手が伸びてきた。

腕を摑まれ、部屋の中に引っ張り込まれる。わけがわからないまま、足払いをかけられてカーペットの上に腹這《はらば》いに転がされた。そのますかさず片腕を背中の方へねじられ、鋭い痛みに思わず呻き声が洩《も》れた。

背後から、つっけんどんな声。

「あなたは誰なのっ」

「――！　イヴ、イヴなのか。まさか、記憶が戻ったのかっ」

「イヴ？　わたしの名前なの……それが？」

「なんだって？　記憶が戻ったんじゃないのか。なにも覚えていない？」

答えはなかった。どうやら、図星らしい。

「なら聞いてくれ！　俺の名は雪野剛。昨晩からずっとおまえ――いや、君と一緒にいたんだ。俺は敵じゃない！」

「わ、わたしが、あなたと？」

問い返す声に、動揺が混じっている。

剛は無理矢理顔をねじり、どこか頼りない表情のイヴを見た。こちらの腕を押さえる力が、幾分弱まっている。剛を敵とするか味方とするか、迷っている証拠だ。

「俺は君の敵じゃない。頼む、話を聞いてくれ」

「……暴れないって約束してくれる？」

剛が何度も頷くと、イヴはようやく手を放してくれた。腕をさすりながら立ち上がり、やっとイヴと相対する。

昨晩と違い、イヴは用心深く剛から距離を置いていた。まるで、凶悪犯になったような気分である。投げ飛ばされたのは、剛の方なのに、だ。

「なにがどうなっているのか……まず、あなたとわたしが出会った経緯《いきさつ》を説明して！　全てはそれからよ」

きっぱりとイヴが言う。

強気な表情を保っているが、その底に心細さが透けて見える。本気で記憶がないのなら、それも無理はあるまい。

剛は深呼吸をし、まず自分自身が落ち着くことに努めた。

「……わかった。なら、俺から話す。なにもかも話すから、よく聞いてくれ」

剛はソファーに腰を下ろし、早速説明を始めた。


最初のきっかけであるゲームの話から始め、剛は自分の知っていることを全部話した。聞いている内にイヴの困惑した表情はますますその度合いを深めていった。

どうも、まるで心当たりのない話だったらしい。

剛としてはそれも気に入らないのだが、とりあえず、一番気になることを尋ねた。

「——ところで。君はどうやってその……自失状態から抜け出したんだ。今朝家を出るまでは、ひたすらぼ～っとしてたのに」

「わ、わからないわ……。ただ、我に返ったら、目の前に誰かがいて」

「なにっ。誰が！」

きっとした剛の声に、イヴが怯《おび》えた顔をする。

「あ、ごめん。つい……。でも、ホントに誰なんだ、それ」

「わからないけど……細身の、スーツを着た人だったわ。とぼけた表情をした人で」

ピンときた。それは、昨晩出会った謎の男ではないだろうか。

剛が彼の外見の特徴を教えて確認すると、イヴは何度も頷き、「ええ、多分その人よ」と首肯した。すると、彼がイヴの精神的束縛を断ち切ったのだろうか。だとすると、少なくともあの男は敵じゃないということか。

いや、まだそこまで判断するのは早すぎる。

剛は首を振って甘い考えを追い出した。

「それで、そいつはどうしたの」

「……どうなっているのかわからなくて、わたしがまだぼ〜っとしている間に、さっさと出て行っちゃったの。『もうすぐ彼が帰ってくるから、事情はそちらに訊くといい』って言い残して」

「なるほど……。なら、もう一つ。どんなに些細なことでもいい。昨日以前のこと、なにか覚えてないかな？」

イヴは途方にくれた顔で考え込んだ。

だいぶ長い時間が過ぎてから、暗い顔で首を振る。どうやら、まるで覚えていないらしい。

「そうか……」

剛もまた、考え込む。

どうも謎だらけだと思う。

まず、この子がイヴとそっくりなのが解せない。今までは『キャラの実体化』なんて夢物語を、可能性の一つとして考えていたのだが、それはだいぶ無理のある話だと思えてきた。

イヴの存在には、なにか納得のいく理由があるはずなのだ。

それに、仮にこの子がゲームキャラとはまるで関係ないとしても、この子自身も大きな謎だ。

昨晩のあの場面……明らかにこの子は引き金を引こうとしていた。そしてあのスーツの男。あいつは一体、なんだ？　なにもかも、わからないことだらけだ。

剛はため息をつき、実に心細そうな顔のイヴ（今のところ、そう呼ぶしかない）に尋ねてみた。

「一応、訊くべきだと思うから訊くけど……警察とかに相談してみるかい？」

「わからない……ねぇ、あなたはそうした方がいいと思う？」

縋《すが》るような目で見られた。

どちらかというと気が進まない――そんな顔つきだった。かといって、訊き返されても困る。剛だって途方に暮れているところなのだから。

どう答えるべきか頭を悩ませる剛を、髪を弄りながら忍耐強く見守っていたイヴだが。

そのうち、ふと思いついたように、

「ねえ。その、わたしが出てくるゲームってどんなの？　そこになにかヒントとかないかしら」

必死な面持ちで尋ねた。

藁《わら》にも縋る……というヤツだろう。

「――そうか。そりゃ興味あるだろうな。やってみるかい？　操作は簡単だしさ」

ためらいつつも頷いたので、剛は彼女とともに隣室へ移動した。

それはそれとして、早急にこの子の着替えを用意した方がいいかもしれない。

剛は意識してイヴから目を逸らした。なにしろ彼女、未だに身体にぴったり張り付いたような戦闘服のままなのだ。昼日中に見ると、目の毒もいいところである。

驚いたことにイヴは、この年代の子なら当然知っているはずのゲームマシンについて、まるっきり疎《うと》かった。

しかし覚えは早く、「これがビジュアルゴーグルで、このボタンが武器Aの操作切り替えで——」という具合に剛が説明していくと、たちまち要領を摑んでしまった。

「きゃっ。このキャラ……本当にわたしとそっくりっ」

「いや、それどころか、まんま君だろ、その子」

「う、うん……そうみたい」

あどけない声で、不思議そうに同意するイヴ。

その間も手は休みなく動いている。

剛はマシンの出力端子とテレビをコードで繫《つな》ぎ、自分もゲーム画面を見られるようにした。

「……へえ。初めてなのに、要領いいね。全然倒されないじゃないか」

「え、見えてるの?」

「ああ、テレビに繫いだから。気にしないで続けて」

「う、うん……」

どんどん敵を撃破し、地下へ地下へと降りていくイヴ。どうやらこの子の反射神経は剛より遥かに優秀らしく、あらゆる方向から来る敵の攻撃を、全てすいすいかわしていく。瞬く間にレベル5まで到達してしまった。もしかして、ゲームをクリアしてしまうかもしれない――そんな期待感を抱いてしまう。

しかし、それは甘かった。例によってセリフ付きで最後の敵『レイン』が登場した途端、イヴは「えっ」と驚いたような声を上げて、一瞬手の動きを止めた。

「危ない！　動かないとやられるぜっ」

「あ、はいっ」

慌ててプレイを再開する。

敵が攻撃動作に移るまでには十分間に合ったのだが、しかし、レインが光剣を振りかざして突っ込んで来ると、結局は剛と同じ運命をたどった。

ハウリングにも似た光剣の鈍い音、そして不敵な笑み。目に焼き付くような青い光剣が乱舞し、イヴをとことん追い詰める。「おまえ、少しは加減しろよ」と言いたくなる強さである。

『その程度かっ。弱すぎるぞ！』

「う、嘘っ。なに、なんなのこの人っ。反応が早すぎる！」

焦ったイヴの声。

剛はこっそり頷く。……気持ちはよくわかる。

実際、こんなヤツが敵にいたら、ゲームバランスはガタガタである。○ソゲー一直線である。

イヴのプレイも、もはや先は見えた。サブマシンガンの攻撃は全て外され、接近戦に追い込まれて自分も武器をソードに切り替えたものの、数合を打ち合えたのがせいぜいだった。

――レインの激しい叱声が叩き付けられる。


『おまえの負けだっ』


「――！　いやっ」

イヴの真に迫った悲鳴とともに、画面はブラックアウト。お馴染みの『GAME　OVER』という表示。

「残念。でも、ここまで来られたら上等だ。あいつは俺だって倒せないんだから」

慰めてやった剛だが、イヴはなにも答えなかった。ビジュアルゴーグルで目を覆ったまま、凍り付いたように動かずにいる。

「イヴ？　どうかしたのか」

「このレインっていう、黒服のキャラ……」

イヴは畏怖《いふ》の口調で言った。

「わたし、会ったことがあるような気がする……どこかで」

剛としては、なんとも答えようがなかった。

もはや、自分がどうこう出来る問題じゃない。

それがわかっていながら、剛は警察に頼る道を選ばなかった。なぜだか自分でも不思議だったのだが、よくよく考えてみて、理由らしきものを見つけた。

つまり、剛はイヴとの関係を絶ちたくないのだ。警察になど届けたら、彼らは間違いなく彼女を連れて行くだろう。そうするのが当然だし、こちらも文句を言えた義理ではない。しかし、それが剛には我慢ならなかった。この期《ご》に及んでなお、剛はイヴと自分の間に、なにか不可視の絆《きずな》があると信じたかったのである。

あと……これは勘に過ぎないが、どうせ警察がイヴの身元を調べても、彼女の正体は明らかにならない、そんな気がするのだ。

ゲームキャラの実体化云々《うんぬん》という夢物語はもう信じていないが、さりとてイヴが確固たる現実の存在だとも思えない。この日本のどこかに住所を持ち、普通の学校に通う普通の少女だったなどとは信じられない。

彼女にはなにか大きな謎があるのだ……絶対に。

不思議なことに、イヴも特に警察へ行きたいとは言わなかったので、これ幸いとばかり、剛は彼女をしばらくかくまうことにした。

それが正しいことなのかどうか、自信もないままに。

「——あの」

隣室からイヴの声がした。

深夜になったので眠ることにしたのだが、イヴに寝室を譲り、剛はもう一方の部屋のソファーで横になっていたのである。

「……なに？」

「あ、まだ起きてたのね。その……迷惑かけてごめんなさい」

随分と遠慮がちな声だった。

「なんだよ、急に」

「そう言えば、まだ謝ってなかったなあって」

「気にすることない。俺は好きで君に関わっているんだから」

暗がりで天井を見つめたまま、淡々と剛が言うと、向こうはしばらく沈黙した。そのまま時間が過ぎ、もう眠ってしまったのかと思い始めた頃、さらに小さくなって澄んだソプラノが問い返した。

「……わたしのことを、あなたの創造したキャラだと思ってるから？　だから責任を感じている……そうなの？」

「いや。一昨日初めて出会った時は、そういうことも考えたけど。——あ、そういうことっての は、君が実体化したゲームキャラって意味な。とにかく、今はもう、そんな風には思っていない。第一、それじゃあ説明がつかないことが多すぎるだろう。あり得ないよ」

「じゃあ……なぜ。なぜわたしを……その、助けてくれるの」

予想通りの質問をされ、剛はため息をつく。それは、とてもとても答えにくいのだ。冗談めかして「いや、君って美人だからね」とか返してお茶を濁そうかとも思った。

しかし、少なくともイヴは真面目に訊いているのだ。茶化したりするべきではないし、ごまかすべきでもないだろう。

本当のことを言うか、あるいはなにも言わないか……二つに一つだ。

迷いに迷った末、剛は結局、前者を選択した。襖の向こうで辛抱強く返事を待つイヴに、ボソボソと答えてやる。

「あのさ、俺の家って母子家庭なわけ。親父は幼い頃に病気で死んじまって、それ以後は母親の手で育ててもらったんだ。で、母さんの勤め先の都合で、昔っからよく引っ越ししててさ。高校に入学してからはこうして部屋を借りて仕送りでやってるけど、それまではとにかく引っ越しばかりだった。だから、友達とかなかなか作れないし、やっと出来ても、すぐにまたよそへ行かなきゃいけなかったんだ。……わかるかな、言ってること」

「うん。もちろんわかる……続けて」

イヴが静かに促《うなが》す。

話し出してしまったものは仕方ない。なおも声を低め、剛はさらに続けた。

「ま、そんなこんなで。今でこそ少ないながらも友達がいるけど、つい最近まで俺ってず〜っと一人ぼっちだったわけだ。学校でも一人だし、家に帰っても母さんは仕事。帰宅する頃にはこっちはもう寝ちまってる。そんな生活してた。そのうち、こんな風に思うようになったね。『俺の人生ってなんなんだろうなあ』って……。友達もいないし、唯一の家族ともロクに話さえ出来ない。つまり、俺が生きてても死んでても、誰にもなんの影響も無いじゃないか。たとえば、明日にでもどっかのドブでくたばったとしても、泣いてくれるのは母さんくらいしか思い浮かばない。しかも、その母さんだってすぐに俺のことなんか忘れて、元の仕事の生活に戻っちゃうんじゃないかって——そんなことをよく考えたよ」

「雪野……さん」

「さん付けしなくてもいいよ、別に」

わざと明るい声で答えてやった。

同情してほしくてこんな話を聞かせているわけじゃないのだ。

「まあとにかく。所詮は甘ったれたガキの世迷《よま》い言《ごと》かもしれないから、あまり真面目に聞かないでくれ。これ以上はわかりやすく説明できないけど、つまり君を助けるのはこの俺、雪野剛自身のためでもあるってことだ。君のために動いている間は、俺の存在にだって意味がある気がするんだよ……それが嬉しいんだ。だから、イヴが気に病むことはない」

なんとか最後まで説明し終わり、そこで剛はやっと気付いた。

「あ。そういや、君の名前、イヴじゃないみたいだな、この調子だと。元々、『聖夜』って書いてイヴって名にしたんだけど。でも、あんまりふつーの名前じゃないよな。……どうする？」

「どうする……って？」

「呼び方さ。なにか気に入った名前でもあったら、便宜上、そっちを使ってもいいよ」

その申し出に、彼女は優しい声音で答えた。

「ううん。——イヴでいい。素敵な名前だと思うもの……わたし、この名前は大好き！」

「そうか？　俺、笑われるかと思ったけどな」

そのセリフに、二人して軽い笑い声を立てる。で、それが合図だったかのように、剛の頭が痛み始めた。緊張続きで、疲れたらしい。

「――雪野さん？」

突如笑い声が途絶えたせいか、心配そうなイヴの声。

「気にしないでいいよ。ちょっと頭が痛くて。俺、最近偏頭痛に悩まされててね。……ゲームのしすぎだよ。目が疲れてるんだ」

「そうなの」

安心したように、イヴの声が落ち着きを取り戻す。

潮時とみて、剛はそっと声をかけた。

「じゃあ……おやすみ、イヴ」

「おやすみなさい。雪野さん……ありがとう」

その挨拶《あいさつ》を最後に、襖越しの会話は終わった。そのまま剛が暗闇の中で耳をすましていると、やがて静かなイヴの寝息が漏れ聞こえてきた。彼女もまた、疲れていたようだ。剛はもう一度「おやすみ」と呟くと、今度こそ自分も目を閉じる。睡魔が速やかに押し寄せてきた。

踝《くるぶし》まで埋まりそうな絨毯《じゅうたん》が敷いてある執務室に直立したまま、男は青白い顔一杯に汗を浮かべていた。

それでもなんとかつっかえずに報告を終え、そっと上司……真堂恒彦《まどうつねひこ》の顔色をうかがう。彼は……いつもの、どこか楽しそうな表情を崩していない。

しかし、それはなんの判断材料にもならないことを、男は知りすぎるくらい知り尽くしている。特殊な処置によって、不自然なほど若き外見を持つ上司……この真堂は、笑顔で人を殺せる人間なのだ。腹の中でなにを考えているか、わかったものではない。

その彼がようやく口を開いた。

「黒木《くろき》、つまりこういうことかな？　彼女は殺すべき人間を殺さず、どこかへ姿を消した。……現在は行方不明ってことだね」

ゆっくりと首を振る。

冷たい瞳が、男……黒木をじっと睨み付けた。

黒木は、全身から音を立てて血の気が引いていく気がした。この目つき……ぞっとする。

「彼女に、監視役くらい付けていなかったのかな？　それとも、自分たちの技術にうぬぼれ、手を抜いたのかね。完全に支配下にあると信じきっていた？」

「い、いえっ。監視はちゃんと付けていました。付けてはいましたが、なぜか彼らは何者かに襲われ、現場にて失神しておりまして。顔も見ていないそうで、相当の手練《てだ》れかと思われます」

「……ほお」

真堂は、顎に手を当ててなにごとか考えていた。

やがてポツリと、

「我々にも敵は多い。ひょっとして、ヤッらがこちらのやってることに気付いたかな。ちょっかいを出してきたと？」

「か、考えられます」

額の汗を拭いたいのを我慢して、黒木は何度も頷く。

「そうか……」

真堂は小さく頷き、さらに一段と冷たい声になった。

「いずれにせよ、君のミスは僕のミスとして加算される。それは困るんだ。僕はまだまだ上へ行くつもりでいるからね。こんな、飼い犬の地位に甘んじている気はない。……わかるかな、僕の言いたいことが？」

「た、ただちに大規模な部下の動員を行い、ロストした地点より、周囲を探索します」

必死でそう言うと、真堂は黙って頷いた。そうしろ、ということらしい。

「イヴの後で捕獲した、もう一人の方は問題ないだろうね？」

「はっ。そちらは部下より、『なんら問題無し』との報告を受けています」

「……部下に任せきりというのが、少し気に入らないな」

「も、申し訳ありませんっ」

「まあいい。今後は君自身が確認してくれたまえ。とにかく、逃げた彼女を確認次第、即、二号を捕獲に差し向けるのだ。他の者では心許《こころもと》ない」

「ははっ」

黒木は一切逆らわず、深々と頭を下げた。

実は、彼女……実験体一号をロストした前日にも、一時、監視の者が彼女の居場所を見失ったのだが。それはこの際、言わぬ方がいいだろうと黒木は思った。

ついでに言えば、二号については実戦に投入するには少し不安があるのだが、それも報告するのは避けた。

別に戦闘能力に不安があるわけではない。むしろその反対だ……こちらがコントロールしきれるかどうか、それが心配なのである。二号は……あまりに強すぎる。

ともあれ、これ以上なにか言われないうちに、黒木は大慌てで敬礼をすませ、回れ右をした。

「待ちたまえ。――もう一つの実験は、順調かな?」

「はっ」

なんのことだ、と黒木は一瞬ひやりとする。すぐに思い当たった。

「そちらは問題ありません。きわめて順調との報告を受けたばかりです」

「そうか。ならいい。ある意味で、二号よりよほど大事だからね。なにしろ、僕自身に関わることだ……ま、だからこそ、僕も監視は怠っていないわけだが」

そう言うと、若々しい顔をした真堂は、思わせぶりな笑みを浮かべた。

第三章　忍び寄る影

翌朝、剛が目覚めると、机の上の時計は八時十五分を指していた。昨晩遅くまで話していたせいだろう、寝過ごしてしまった。

だからというわけではないが、剛は、今日は学校を休むことに決めた。

なにより、せっかくイヴが感情を取り戻したのだ。せめて今日くらいは一緒に過ごしてやりたい……いや、それより先に、自分が一緒にいたいのだと思う。

素早く着替えを澄ませ、隣室をそっと開けてみる。

まさかとは思ったが、もしや昨日のあれは夢ではないかと思ったのである。

ところが、イヴはちゃんといた。

まずいことに、彼女はちょうど、昨日剛が寝間着代わりに貸したYシャツを半ば脱ぎかけていたところで、真っ白な胸があらかた見えてしまった。あきれたことに、イヴは下着を着用していなかったのだ。

剛は相手がまだ寝ているだろうと信じ込んでいたし、イヴはイヴで、こちらに顔を向け、空色の瞳を見開いていた。

完全に固まってしまっている。

しかし、その状態は刹那《せつな》だった。

小さく悲鳴を上げて、イヴが自分の胸元を両手で隠し、ベッドに座り込んでしまう。

「わ、悪かった！」

無我夢中で襖をぴしゃりと閉め、剛は長々と息を吐いた。

随分と疲れた様子だったたし、まさか、もう起きていたとは思わなかった。妙に息苦しくなり、剛はかいてもいない汗を拭う。

相手が女の子だと、こういう時に困ると思う。これからどれだけ一緒にいるかわからないけれど、次からはもっと注意しないといけない。

自分の机の引き出しを開け、そこに横たわる肉厚の銃口を持つ自動拳銃を確認する。昔、ちょっとだけモデルガンに凝ったことのある剛は、その銃の名称を知っている。

IMIデザートイーグル50AE――ハンドキャノンの異名を持つ、強力な自動拳銃だ。銀色に輝くこの銃は、下手したら象でも仕留めるだろう。

ゲームに登場するのと同じタイプだが、現実はゲームのようにいくまい。そもそも、反動も凄《すさ》まじいはず。それに加え、ソファーの下に隠してある、MC51サブマシンガンもある。どちらも、幾つかの弾倉付きで。

さらに、イヴが所持していた、円筒形の丸い武器もその奥に突っ込んだままだ。まだ試してはいないが、これは剛がゲームに登場させた、プラズマソードのようなモノかもしれない。

いずれにせよ、どちらの武器も今の優しそうなイヴには似合わないし、使ってほしくない……ほしくはないが。

背後で、静かに襖が開けられる音がした。

剛は慌てて机の引き出しを閉じ、振り返る。剛が提供した、地味なワイシャツとスリムジーンズに着替えたイヴが立っていた。彼女はどう見ても百七十センチ近い長身だったが、やはり剛の服だと少し大きいようである。身長はさほど変わらないが、体格が華奢《きゃしゃ》なせいだろう。でもまあ、見られないことはない。

それはいいが、イヴの顔が赤いし、もじもじと指を動かしている。上目遣いの瞳を見ていると、剛まで焦ってきた。

咳払いなどして、

「そのっ。本当に悪かった。わざとじゃないんだ。君は、まだ眠っているだろうと思って」

「大丈夫っ。き、気にしてないからっ」

どもりつつ、しかも頬を染めて言われると、あまり説得力がない。

「――そうか。とにかく、ごめん。これからは気をつける。じゃあ……食事にしようか」

こっくりとイヴが頷く。

大きな瞳には、剛への信頼がうかがえた。

状況からしてやむを得ないが、あるいは今のイヴは、幼児がただひたすら母親を頼るように、剛を頼っているのかもしれない。

それがくすぐったく、また少し嬉しくもあった。

「あの……学校へ行かなくてもいいの」

出かける間際まで、イヴはそのことを気にしていた。自分のために剛が休むのを、気に病んでいるらしい。

「いいんだ」

剛は何度目かの太鼓判を押す。

「俺は、普段真面目で通ってるし、たまに休んでも平気だって。現に、風邪《かぜ》引いて少し頭痛がするって言ったら、事務室の人も一発で了解してくれたし」

あと、ホントに俺、ちょびっと頭が痛いしね。

そのセリフだけは、心の中にしまっておいた。いつもの偏頭痛だし、なんてことないだろう。

余計な心配はかけたくないのだ。

「そう……それならいいんだけど」

イヴはやっと笑顔を見せた。

それに、少し嬉しそうでもあった。やはり、こんな心細い状態で、一人で残されるのは不安なのだろう。

「そうと決まったら行こうぜ。イヴの着替えもいるし……あ、そうだ」

「なに？」

「……まさかとは思うけど、イヴを取り返しに来るヤツがいないとも限らない。注意だけは怠らないようにしよう」

そう言うと、はっとした顔をして、イヴは眉根を寄せた。しかし剛に気を遣わせまいとしてか、無理に笑顔を浮かべた。

「そうね。……うん、そうする」

その笑みは、ひどく痛々しかった。


剛は迷った末に、デイパックの中にデザートイーグルや、まだ試してもいないが、例の円筒形の武器を突っ込んで持ち歩くことにした。無論、まさかの時の用心のためだ。

引き出しから武器を出すのを見て、イヴが身を強ばらせる。

恐る恐る訊く。

「それは……」

「うん、昨日話した通り、君が持っていたんだ」

次の瞬間、剛は相手の顔色を見てどっと後悔した。イヴがなにを危惧《きぐ》しているのかわかったからだ。急いでフォローに努める。

「でも大丈夫。別にイヴがこれで誰かを撃ったわけじゃない。それも話したろ？　その前に俺が止めた」

それ以前に、彼女が誰かを殺していないとは断言出来ないのだが、剛はあえて力強く言いきった。

イヴの心配を振り払ってやりたかったのだ。

一応、その試みは成功したようである。イヴはほっと吐息をつき、「そう、そうよね」と自分を納得させるように何度も頷いた。どうやら、剛を信頼してくれているらしい。

剛は唇を噛《か》み、黙ってシャッとデイパックのファスナーを閉じた。

準備を終え、二人で家を出る。ちょうど、デパートなどが開く時間でもあることだし、タイミング的にはいいだろう。

などと考えて歩き始めた剛だが、次の瞬間、硬直した。

「助言をしようか?」

背後より、落ち着いた声。

そろそろと振り返ると、アパート前の電柱の陰に、男が立っていた。

汗ばむ陽気にもかかわらず、スーツをびしっと着こなし、髪をきちんととかしつけている。顔は、見た次の瞬間に忘れるほど印象に乏しい。比較的若い年齢に見えるものの、どこか老成した雰囲気を滲ませているのだ。

しかし、いくらなんでもおかしいと思う。

今し方電柱前を横切った時、こいつは確かにいなかった気がするのだ。つい数秒前のことだ。それくらいは断言出来る。

剛は思わず身構えたし、イヴもまた、警戒心の浮き出た表情で男を見返している。初めて会うわけではないにせよ、気を許してはいないらしい。

相手はまるで頓着せず、前と同じく重ねて言った。

「助言をしようか？」

剛は反対に問い返した。

「イヴの自失状態を解いたらしいな……ポストに放り込んであった手紙もあんただろう？　なぜ俺のアパートがわかった？」

「そんなに幾つも尋ねられてもね」

男は苦笑して顎を撫《な》でた。

「……とにかく、最後の質問には答えられる。私は君に関心を持っていたからだ。だから、君のことについてはだいたい知っている」

口を開きかけた剛を、男は軽く手を上げることで制した。

「なぜ、と訊かれても困る。答えられないからね。私は本来、君の前に姿を現すべきではないのだし」

だがまあ、と男は続ける。

「そうは言っても、もう二度目だ。余計なお節介も焼いた。だから、名乗るくらいはしよう。私のことは遠見《とおみ》と呼んでくれたまえ。つまりそれは、『遠くから見ている』という意味で付けられた名なのだが」

「下の名前はどうした。名字だけか？」

肩に半分引っかけたデイパックに、そっと手を伸ばしつつ、剛。

遠見と名乗った男は、芝居がかった調子で両手を広げてみせた。

「悪いが、どのみち遠見という名字も便宜上のモノでね」

「――じゃあ、あんたは味方なのか？　それくらいは言えよ」

「君は、世の中が敵と味方とだけで区分されるとでも思っているのかい？　世界はそこまで簡単な構造でもないと思うよ」

「そういう屁理屈は聞きたくない。俺の――いや、俺達の立場なら、敵味方の区別を付けたくなるのは当たり前だろう」

剛は周囲を警戒しつつ、片手は既にデイパックの中に突っ込んでいる。デザートイーグルの、分厚いグリップに手を伸ばし、安全装置をそっと外した。

まさかの時のために持ち出した銃だが、早速必要となるかもしれない。ここが知られているくらいだ。他にどんな敵が来ていないとも限らない。

だが遠見は、そんな剛の考えを読みとったように諭した。

「止《や》めておきたまえ。君がその手に何を握っているのか、私にだって予想がつく。だが、『生兵法《なまびょうほう》は大怪我のもと』と言うよ。第一、君はさしたる理由も無しに、人を撃てる男じゃあるまい」

そのセリフに、イヴが空色の瞳一杯に危惧を浮かべ、剛を見やる。手を伸ばし、こちらの腕にそっと触れた。心配そうに声をかけてきた。

「……雪野さん」

「だから、さんはいらないって」

剛はイヴにはそう言い、遠見に向かっては、

「理由も無しに撃てるかって？　なんにだって初めてはあるさ、違うか？　ことわざの一つくらいなら、成績のぱっとしない俺にだって言える。『窮鼠《きゅうそ》、猫を噛む』なんてのはどうだ？」

遠見はニヤッと笑った。

「うん、いいね。ある意味、適切な格言だ。——しかし、このくらいにしておこう。時間がもったいない。信じるかどうかは君次第だが、私は君達の敵ではない。本当はもっとマシな力添えをしたいのだが……今はそうもいかない理由があるのさ。納得してもらえたかね？」

納得出来るはずがない。

遠見自身が認める通り、その言葉が本当かどうか、剛達には確かめる術《すべ》がないのだ。まるでその思いを読んだかのように、遠見が付け足す。

「私が敵なら、君達はとっくに捕まって連れ去られているよ。ま、信じたくないなら好きにするといい。私は痛くもかゆくもない。ところで、話は最初に戻るのだが。どうする？　私の助言を聞くかどうか、君が決めてくれ。聞きたくないなら、今日のところはこのまま去る。私のお節介のせいで、ただでさえ予定が狂っていることだし」

——なんの予定だか。

剛は大きく息を吸い込み、横を見る。

イヴは微かに頷いた。多分、あなたに任せるわ、という意味だろう。そのこともあって、剛は決断した。汗ばみ始めていた銃のグリップを離し、手をデイパックの外に出す。

ぶすっと答えた。

「いいよ、聞く」

「賢明な判断だ」

愛想のない返事に気を悪くした様子もなく、遠見は笑みを含んで頷く。

真っ直ぐに剛と視線を合わせた。

「では、助言だ。……一度、家に帰ってみたまえ」

「なに、なんだって？」

「家だよ、君の。後ろのアパートじゃなく、元々住んでいた家だ。見に行った方がいいね。それから――」

やや表情を引き締め、

「これからは、あらゆるモノを疑いたまえ」

「どういうことだ？　まさか、母さんになにかあったのか！」

「ああ、そういう意味じゃない。誰かになにかあったとか、そういうことじゃないんだ。……まずは身近なところから調べたまえ。指摘したいのはそれだ。いいから、一度帰宅するといい」

それだけだった。

それきり、遠見は背を向けてあっさりと立ち去ろうとする。剛は虚を衝かれ、呼び止める機会を失った。はっと思った時には、遠見の姿はもう無かった。

急に……無性に怖くなった。

俺はいつの間に、こんな得体の知れない世界に足を踏み入れたんだ？　周り中、謎だらけじゃないか。確かなモノが一つとして無い。

つい数日前の、なにも知らなかった平和な日々がひどく懐かしかった。その瞬間、剛は確かに、元の平凡な暮らしに戻りたいと心から思ったのである。

だが、イヴが剛の怯懦《きょうだ》を追い払った。

「雪野さ……いえ、剛さん」

思いきったように名前を呼ぶ。

声音に思いやりと気遣いが溢《あふ》れていた。

剛は自分の弱気に嫌気が差し、しっかりと気を張ってイヴを見返した。やせ我慢でもなんでもいい、男のクセにあまり情けない様子を見せるわけにはいかない。

「大丈夫？　顔色が悪いわ」

イヴは手を伸ばし、頬に触れてくれた。随分と温かい手だった。

「戻って休んでもいいの……わたしは平気だから」

「大丈夫だって。あんなこけおどし、なんてことない」

「……あの人が、わたしのことを教えた人ね」

「――ああ。ちょっとまずったな、もっと引き留めれば良かった。あいつなら、なんらかの事情を説明出来たかもしれないのに」

剛はぼんやりとそう呟いた。

頭の中は、今の遠見のセリフが渦を巻いている。あいつが何を伝えたかったのか、それがさっぱりわからない。わからないが、随分と気を揉むセリフを吐いてくれるではないか。

さっきの遠見の忠告を、自分はきっと無視できないだろう。この際、なるべく早く、家に帰らねばなるまい。電話で連絡してみるだけじゃ駄目だ。

剛は固く決意した。


――世界が新鮮に見えるわ。

イヴは買い物のために出掛けた街で、そんなことを言った。

ちなみに、二人ともわざわざ電車に乗り、いくつか離れた駅まで足を延ばした。これは剛の提案で、理由は、イヴを探している者達がいるとすれば、彼女が消えた近辺をまず先に探すだろうと思ったからだ。なので、近場は徹底的に避けたのである。

そして今、剛とイヴは秋葉原に近い、さる有名デパートの洋服売り場にいる。剛の家には女性用の衣服など皆無なので、下着を初めとして最低限の衣類は必要だからだ。イヴはしきりに遠慮したが、「身元がはっきりしたら、お金は返してもらうさ」と言って押しきった。

で、今は彼女も、割と嬉しそうに買い物を楽しんでいるというわけだ。

剛は女性用の洋服売り場でうろつくのはごめんなので、イヴのお誘いを丁重に辞退し、階段付近で彼女を待っていた。

服が吊られたハンガーの間をちょこちょこ歩きつつ、イヴは時折ちらっとこちらに目をやる。その度に微笑んでくれるのが、なにか無性にこそばゆい。

と思っていたら、服を片手にこちらに駆けてきた。空色の瞳が輝いている。

「これ、どうかしら！」

夏物のワンピースを上半身に当てて見せ、イヴがきらきらと目を輝かせる。ああ、この子はやっぱり女の子だなあと思う瞬間である。

「……い、いいんじゃないか」

「本当に？　なにか気のない返事！」

唇を尖《とが》らせて剛を見やる。またしても上目遣いだが、今度は怨《えん》ずるような目つきだった。剛は不覚にもどきりとした。

「あ、いや。元々俺、愛想なしの性格だから。でもホント、いいよ。似合うと思うぜ」

どう言えば本気だと伝わるだろうか、と悩みつつ、剛は保証する。

というか、日本語が堪能なのでつい忘れがちだが、元々この子は金髪の外国人風少女で、同じ人間かと思うほどスタイルも良いし、容姿にも恵まれているのだった。本音を言えば、何を着ても似合うと思う。……口には出さないけど。

「ん～、じゃあこれにするわ！」

にこっと笑い、イヴはまた駆け戻る。

正直、剛はほっとした。

いや、別に尋ねられるのは嫌じゃないし、どちらかと言えば嬉しいくらいだけれど。

これまで女の子とつきあった経験などなかったせいか、こういうのもいいもんだとしみじみと思う。

――尻のポケットに入れた携帯が鳴り出した。

通話ボタンを押すと、いきなり愛海の声。

『雪野君？』

「……若菜か」

『そう、あたし。今昼休みなの。――ちょっと、そこどこよ？　どこかの人混み？　風邪ひいたって嘘でしょ』

「風邪気味なのはホントだ。第一、いいじゃないか、別に。俺だって色々あるんだよ」

ガミガミ言う愛海に、剛はぶすっと返す。めったに学校を休まない剛だが、たまに休むと大抵こうして愛海が電話をくれる。彼女なりに心配してくれているのだろうが、今日ばかりは多少ありがた迷惑だった。

『あたしも、別に小姑《こじゅうと》みたいなこと言いたくないけど、今日は特別なの。佐和君が心配してるのよ。雪野君になにかあったんじゃないかって』

「そうか、祐一が……」

そう言えば、祐一には全ての事情を話してある。経過を知っている彼が、剛の心配をするのは当然だろう。

「そこにいるか、祐一」

『いるわよ。代わるから』

即座に声が変わった。

祐一がいつものボソボソした調子で尋ねてきた。

『平気かい、剛君』

「まあ……な。今のトコだけど。あのさ、若菜には言うなよ。実は——」

昨晩から今朝にかけての出来事をざっと説明する。

電話の向こうで軽く唸《うな》る声がした。

『そりゃまた……急展開だねぇ』

「全く。あ、ちょい待ってくれ」

紙袋を持ったイヴが、またしてもこちらに走ってくるのを見て、剛は軽く手を上げようとした。

ところが相手のせっぱ詰まった表情を見て、たちまち体内で警報が鳴り出す。イヴはなにかに怯えた様子であり、しきりに背後を振り返っていたのだ。

剛はすかさず受話器に向かって、

「——悪いっ。また夜にでもかけ直すよ」

そのまま携帯を切り、イヴに駆け寄る。

「どうしたんだ」

「お金払って戻ろうとした直後、誰かがわたしの腕を取って、エレベーターの方へ引きずっていこうとしたの。怖くなって、思いっきり振りほどいて逃げてきたんだけど」

「なにっ」

　さっと視線を上げる。

　……買い物客らしき主婦やおばさんが何人かいるだけで、平日の売り場はガラガラだった。イヴもこわごわ振り向き、そっと首を振る。

「もういないわ。でもさっき、確かに」

「わかってる。俺が疑うわけないだろ。――行こう。なにか嫌な感じだ」

　ごく自然にイヴの手を握り、そのまま階段を下りる。イヴが驚いたような顔をし、それからすぐに赤くなったが、緊張していた剛は気付かなかった。


　――その半時間ほど前、ある施設内で。

　黒木が研究室のドアを開けると、丁度、実験対象の元に研究員達が集まっていた。

　天井から細い透明チューブやコードが幾つも垂れ下がり、それが各種機材の中心にある特注のマシン――通称「ボックス」に連結されている。装置を別とすれば、細長い円筒形をしたそのボックスは、ゲームセンターにある体感ゲーム機のようにも見える。

　研究室の半分を占めるその一角に、同じような特殊な機材とボックスが他にもあったが、あいにく現在稼働中なのは一つだけである。

与えられた部屋から呼び出された少年が、その一つに半ば横たわっていた。

楽な姿勢でじっと腰掛けたままの彼の瞳は黒い水中眼鏡のようなゴーグルで覆われており、表情は全く読めない。

彼の間近にある机には大画面のモニターがあり、黒木には意味を成さない波形が流れていた。

課員の一人がこちらに気付き、駆け足でやってくる。

「今、お呼びしようかと思っていたところです。驚きです！　先日の運動能力だけじゃなかった。グラフをご覧下さい。この反応速度の数値は人が通常出せる限界を遥かに超えて――」

「いや、今はそれどころじゃない」

クリップに挟んだ紙の束を昂奮気味に押し付けようとする部下を、黒木は手を上げて制した。

それから、夢中になってモニターと少年を見比べている研究員達を、手を叩くことでこちらに注目させる。

「テストを中断しろ！　彼女が見つかった。彼を捕獲要員の中に加える。五分で準備しろっ」

「まさか……昼日中の今ですかっ」

初めに話しかけてきた部下が、慌てて反論してきた。

「人目につきすぎますし、彼は危険です！　これまでのテスト結果を黒木さんも見たはず。あいつは人間じゃない。捕まえる時だっておびただしい犠牲を――」

「黙れ」

黒木は一言で遮った。

大きく肩を震わせ、相手は押し黙った。

「確かに犠牲は大きかったが、それは過去の話だ。今やあいつは我々のコントロール下にある。いいから命令に従え。それも、すぐにだっ」

厳しい調子で言い、黒木は背中を向けてさっさと退出してしまった。聞く耳を持たないらしい。

研究員達のチーフを務める男……坂崎《さかざき》はため息をついて肩を落とした。

仕方ない……危険だとは思うが……上司に逆らうことは出来ない。

――しかし。このタイミングで彼を放たれるのは、こちらとしても都合が悪いのだが。


「しょうがないな……」

仲間達に向かって、わざとらしく頷く。

皆、残念そうな顔でのろのろと動き出した。

「急いでくれ！　時間に遅れると後でまた」

坂崎はぎょっとして口を閉ざした。

所定のボックスで、微動だにしなかった被験者の少年――

その口元が一瞬だけ、皮肉に吊り上がったように見えたのだ。

しかし……そんなことはあり得ない。

コントロール中の彼に、そんな意思表示の自由はないはず。

坂崎は自分で自分を納得させた。脂にまみれた眼鏡を外すと、瞼《まぶた》の上から手で軽くマッサージしてやる。

「疲れているな……無理もないか」

そして眼鏡をかけ直し、誰にも聞こえないように独白する。

「せめて事前連絡くらいはしたかったんだが……引き延ばしは無理か。では、後は外の連中にがんばってもらうとしよう……」


目立たない程度に急ぎつつ、剛は肩に引っかけたデイパックの中身を意識した。これを使うような事態になるのはごめんだ。

唇を噛み、数階分を駆け下りてデパートの外に飛び出す。そこは商店街になっており、平日といえどもそこそこ人の行き来があった。お陰で誰も彼も怪しく見える。

疑う気持ちで見れば、どのような人物だろうと胡散臭く見えるのだった。

「イヴ、その男、ここらにいるかい」

「わ、わからないわ。見た限りじゃいないみたいだけど」

「よし。思いきって走ってみよう。つけられているなら、それでわかる」

イヴの手を放さず、そのままダッシュした。単純だが、効果的ではないかと思ったのだ。肩を並べ、前から来る人の波をジグザグに避けて走りつつ、適当な所で路地に飛び込む。細い道を一心に走り、出口へ至る真ん中辺りで立ち止まって振り返ってみた。……誰もいない。だが、ふと目線を上に上げ、剛は硬直した。

遥か向こうに、秋葉原のソフマップが見える。巨大な青い看板が目立つ、あのビルが。

なんと、その特大サイコロみたいな看板の真上に、誰かが立っているのだ。

しかも、だ。距離はあれど、なんとなくあいつはこちらを見ている気がする。どうもあの黒衣を纏った姿に見覚えが——。

「剛さん?」

イヴに呼ばれ、剛は我に返った。

「いやっ。今あそこに」

指差そうとして、剛はまた固まった。……いつの間にか、黒衣の男が消えていた。もはや真っ青な看板しか見えなかった。どういうことだ? 今のは、幻覚だったのだろうか。

「……いいんだ、なんでもない。それより」

向き直った途端、剛はまたぎょっとする羽目になった。

制服姿の警官が、自転車に乗ってこの先の角を曲がって来たのだ。

今は平日の真っ昼間である。大学生とでも勘違いしてくれればいいが、そうでなければうるさく訊かれる恐れがある。

まずいっと思う間もなく、年かさの警官は剛達の前で自転車を止めた。

「君達、学校はどうした?」

「いえ……今日は創立記念日ですから」

「ふむ――」

警官はいかにも疑り深そうな公僕の目で、二人をじろじろと観察する。無理もない。特にイヴは恐ろしく目立つ少女なのだし。

「それで、学校名は?」

これには弱った。こんな事態は想定していなかったので、応答に困る。下手によその学校名を出して嘘がばれたら、そのまま交番に引っ張られるかもしれない。

返答に苦慮していた剛だが、何気なく視線を下へ向けた瞬間、身が強ばった。

答える代わりにデイパックの中に手を突っ込み、デザートイーグルを摑み出す。さっと相手に向けようとした。

「――! ぐっ」

剛の口から呻き声が洩れた。

向こうの方が遥かに上手だったのだ。こっちの動きは十分意表を衝いていたはずなのに、無言で銃身を摑み、腕ごとひねったのだ。平和ボケした日本の警察にしては、反応が良すぎた。明らかに訓練を積んだ者の動きだった。

だがさすがの相手も、イヴの動きまではマークしていなかったようだ。剛の視界の隅を、ジーンズを穿《は》いた長い足が旋回するのが見えた。それが、ハイキックだと気付いたのは、頭を強打された警官が自転車から吹っ飛ばされた後である。彼は鉄棒で殴られでもしたように豪快に路上に叩き付けられ、そのまま動かなくなった。

痛めた手首をさすりながら、剛はイヴを賞賛の目で見やった。

「凄いな。まるっきり、あのゲームのイヴだ」

「そんな……。わたしにもどうしてこんなことが出来たのか、さっぱりわからないわ。ただ、剛さんが危ないと思った途端、勝手に身体が動いたの」

「なんだっていいさ。お陰で助かったんだから」

思い悩む様子のイヴを慰めるように、剛は華奢な肩を叩く。

「ところで、どうしてこの人が偽警官だとわかったの」

「……ああ。こいつ、会話を続けるふりをしながら、片手で拳銃を摑もうとしたんだ。本物の警官が、いきなりそんなことするはずないだろ」

「そうなの？　よく知らないの」

そんなことも知らないってなんか変だな、と思いつつ、

「そっか。まあ、わからなくてもいいよ。とにかくこいつは化けてたんだと思う」

「……うん。剛さんがそう言うなら」

イヴが素直に、童女のようにあどけない顔で頷く。よほど剛を信頼してくれているのか、表情のどこにも疑う素振りはなかった。ひどく照れくさくなり、剛はまたイヴを促して走り出そうとする。しかし、そこで気付いた。

「おかしい……さっきから、他の通行人の姿がない」

こういう嫌な予感は、だいたい外れないものである。今回の危惧も当たっていた。

路地の向こうに、すぐに新手が現れたのだ。

そいつを見た瞬間、剛は雷撃に撃たれたような気がした。しばらく呼吸が止まり、唇が戦慄《わなな》く。

さっきの警官と違い、はっきりと敵だとわかる相手だった。なぜならそいつは片手に、ゲーム『デッドエンド』に登場する武器の一つ、プラズマソードそっくりの青く輝く光剣をぶら下げていたからだ。

「……さっきの、見間違いじゃなかったのか」

剛も、それにイヴまでもが絶句した。

剛本人はそいつに嫌というほど見覚えがあったし、イヴも一度は会っている。いや、本人の言葉を信じるなら、過去にも会っているかもしれない。

路地の向こうにひっそりと立つその黒影。

肌で感じるほどの威圧感を纏い、ゆっくりやってくるそいつは――。


レベル5に登場する最後にして最強の敵、『レイン』に他ならなかった。


「嘘だ……」

自分の喉がしわがれた声を絞り出すのを、剛は他人事《ひとごと》のように聞いた。

「あいつまで実在したなんて……一体、どうなっている」

こんな時だというのに、頭がギリギリと痛み始めていた。今日は特にひどい。しかも意味のない数字の羅列《られつ》が脳裏に浮かび、さらには霞《かす》む視界に、見たこともない光景までが幻のようにちらつき始めた。

「ううっ……」

「剛さんっ」

イヴの切羽詰まった声。

「どうしたのっ。具合が悪い?」

「へ、平気だ」

強がりついでに頭を振り、なんとか意識を引き戻した。手にしたデザートイーグルをしっかりと保持する。今はラリッている場合ではないのだ。

と、手にしたデイパックを、横からイヴがさらった。

「イヴ?」

「わたしも戦うわ!」

剛が反論する余地もないほど、イヴはきっぱりと言いきった。

ごそごそと中を探り、剛もまだ試していなかった円筒形の武器を手にする。

スイッチを入れると、ぶんっというハウリングのような音とともに光が伸び、黒衣の男と同じく光剣になった。

「……やっぱりそんな武器だったのか、それ」

剛は痛む頭を堪え、そしてイヴは決然とした表情になり、二人して男に向き直る。不可解なことに、向こうはこちらが戦いの準備を整えるを待つかのように、距離を置いたまま立ち尽くしていた。

しかし、こちらが戦闘準備を整えたと見るや、いきなりその黒影がぶれた。

「——！　分裂したっ」

思わずそう口走った剛だが、すぐに自分の勘違いに気付いた。たった一人のレインが複数に分裂したように見えたのだが、それは彼の恐るべきスピード故だとわかった。

その人間離れした猛ダッシュのお陰で、彼の背後に無数の残像が生まれたのだ。

来るっ。

レインが襲いかかって来る！

しかも、この速さ！

この世界の時間枠や物理法則を完全に無視したかのように、静止した風景の中、レインが風とともに躍り込んでくる！

後ろになびく黒髪、そして大上段の構えに持ち上がった光剣。

こっちの身が震えるような戦意を放ちつつも、その黒瞳は凪《な》いだ水面のように静かだった。

迫り来る死の恐怖に背中を押され、剛は両手で保持したデザートイーグルを撃った。ためらいなく撃った。

人間が素手で獅子に敵《かな》う道理がないように、撃つ以外に助かる道は無いのだと、剛の本能がはっきりと悟っていた。

引き金を引いた刹那、フルスイングされたバットを止めたようなショックがあり、肉厚の銃身が派手に跳ね上がる。それでも一応、撃てたことは撃てた。轟音に等しい射撃音が連続し、耳鳴りがしたが、弾丸は奇跡的にレインを捉えた――はずだった。

しかし、それは剛の錯覚だった。

ゲーム『デッドエンド』と同じく……いや、それ以上にあっさりと、レインは銃撃を避けた。撃った弾丸は全てレインの幻像を貫いただけで、その背後にあったポリバケツや店の看板などが、彼の代わりに爆砕した。

銃弾の軌跡が見えているとしか思えない。

「冗談だろっ」

頭上に輝く青い閃光、精悍《せいかん》なレインの顔……凍り付いたように立ち尽くす剛の横で、イヴが動くのが見えた。

「剛さんっ」

剛の頭上すれすれに雷光が散り、派手な音が響く。

二振りの光剣が交差した。

イヴが横から光剣を突き出し、かろうじてレインの斬撃《ざんげき》を弾いてくれたのである。

お陰で剛は、幹竹割《からたけわり》に頭を割られずに済んだ。

ただし、レインはまるでそれが当初からの予定だったかのように、すっと身を低くした。そして、霞むように旋回する蹴り足。

「――！　きゃっ」

光剣を手にしたまま、蹴り飛ばされたイヴが数メートルも宙を舞った。

路上に落ち、呻き声を上げる。

まだ意識を保っていただけでも驚きである。

「貴様っ」

かっと激し、剛がもう一度至近からデザートイーグルをぶっ放そうとする。しかしレインは剛を完全に無視し、長身をたわめて跳躍した。

「なに！」

慌てて上を見上げる。

遥か上空で黒影が身を丸め、猫のように回転するのが見えた。そして身をひねって剛の背後に着地、再び猛ダッシュ。

それを見て弾かれたようにイヴが立ち上がり、光剣を構える。突進してきたレインと斬《き》り結び始めた。

だが、明らかに押されている。

筋力の差故か、イヴは斬撃を受ける度によろめき、しかも反撃はことごとく弾かれるか、あっさりとかわされるかのいずれかだった。

またしてもイヴが蹴り飛ばされ、路上に転がった。

初めてレインがしゃべった。

「……弱すぎるっ」

吐き捨てるような声だった。

（くそっこいつ、戦い慣れしてやがるっ）

剛は直感により、それを悟った。

イヴの動きも一般人を遥かに超越しているのだが、しかしこいつはそんな彼女を易々とあしらっていた。放っておけば、再び立ち上がって斬り結んでいるイヴが、遠からず倒されてしまうだろう。時間の問題である。

デザートイーグルをレインに向けようとしたが――動きが早すぎる。イヴに当たる危険があり、とても撃てるものではない。

「――っつ！」

斬撃の応酬の合間に、今度はイヴが（なんと片手で）投げ飛ばされた。背中を丸めて咳き込んでいる。剛はぎりっと奥歯を鳴らし、ここぞとばかり撃ちまくった。

轟音がビルの谷間に響き渡る。

激しい衝撃を力でねじ伏せ、剛はデザートイーグルを連射、焼けた薬莢《やっきょう》が立て続けに排出されて路上に躍り、マグナム弾の咆吼《ほうこう》に軽い音色を添える。

でも、命中しない！

冷徹そのものの表情のまま、黒影がまたしてもぶれ、必殺の銃弾は全て空しく影を貫いた。

そのうち、引き金がガチッと空打ちの音を立てた。

「——！　た、弾切れかっ」

ぞくっと背筋に冷たいモノが走る。

と、レインはいきなり道の端に設置してあったジュースの販売機に駆け寄り、まるで空っぽの段ボールの箱を持ち上げるように軽々と頭上に差し上げた。

「剛さん、伏せてっ！」

イヴに言われるまでもない。

剛は慌ててアスファルトに伏せた。

直後にレインがぶんっと機械を放り投げる。

頭上で、ごおっと風を切る音がした。かなりな重量があったろうに、とんでもない勢いで投げられたらしい。

そして、離れた場所から複数の悲鳴。

「えっ」

その声に意表を衝かれ、剛は伏せたまま振り返る。

視線の先で二人の男が自動販売機の直撃を受け、倒れている。

手に銃を持っていたので、どうやらこいつらも敵だったらしい。間抜けなことに、味方（レインがこいつらの一味だとして）の攻撃の巻き添えを食ったようだ。

「あんなのを軽々とぶん投げやがって。くそっ、化け物め！」

デイパックに手を突っ込み、予備の弾倉を掴み出して空っぽのそれとチェンジする。この隙をレインが見逃してくれるとは思えなかったが、剛が他に出来ることはなさそうだった。仮に逃げたところで、こいつの野獣顔負けの俊足には敵うまい。

「大丈夫っ？」

ふらつきながら、光剣を手にしたままのイヴが駆け寄ってきた。

「なんでもない。イヴこそ、蹴飛ばされたところとか、平気？」

「平気っ。――というより」

「話は後で聞くよ」

イヴを制し、弾倉交換を滞りなく終え、きっと顔を上げる。

交換中、全く邪魔されずに済んだ理由がわかった。レインはこちらなどまるっきり無視して、自らの背後をじっと観察していたのだ。

「――！　馬鹿にしてんのかっ」

激怒してまた銃撃を再開しようとした剛だが。

「待って！」

イヴが手を掴んで止めた。

不審に思った剛が問い掛ける前に。

レインが視線を投げていた方から何人かが角を曲がって姿を見せ、彼と相対した。

まるで、マジシャンがハンカチから鳩を出したような唐突さだった。

そのうちの一人、この陽気にびしっとスーツを着こなした男を見て、剛は思わず呻く。

「あいつ……遠見かっ」

そう、「遠くから見ているから遠見という」などとうそぶいていた謎の男が、幾人かの男達を引き連れて静かに微笑んでいる。

今、両手を上げて唇の周りをメガホン代わりに囲い、叫んで寄越した。

「やあ。二人とも無事だったか。悪いが、久闊《きゅうかつ》を叙《じょ》すのは後にさせてもらうよ。我々にも役目ってものがあってね」

言うなり、片手を上げた。

「キャッチャー用意！」

彼の合図に従い、一人が銃口が妙に大きい謎の機械を構えた。

それを見たレインが警戒するように身を低くする。緑色の光線が発射されたと同時に跳ぶ。

しかし、その光線は網のように上下に大きく広がり、空中にある内にレインを絡め取ってしまった。身体中に緑光をまとわりつかせたまま、レインがもがきつつどさっと落下する。

文字通り、罠《わな》にハマッた野獣だった。

緑色の光は電撃に酷似した効果があるらしく、やかましい音を立てながら明滅している。

レインは呻き声こそ立てないものの、その光の網から抜け出すことが叶《かな》わないらしく、精悍な顔をしかめてもがいていた。

遠見はそれを見て一つ頷き、剛達を手招きした。

「もう大丈夫だ。こちらへ来たまえ」

剛とイヴは顔を見合わせた。

あいつを信用していいものだろうか……とりあえず、レインを寄越したヤツらとは敵対しているようだが。

「どう思う?」

横目でイヴを見やった。

「わからないけど……でも、あのスーツの人はわたしの自失状態を解いてくれたのだし」

あまり自信なさそうな返事。

信じたいのだが、まだそこまで確信できない——そんなところだろう。

剛は大きく息を吸い込み、決断した。

「とにかく、話くらいは聞こう」

二人して歩き出す。

しかし、ゆっくりと話し合いなどしている時間があるかどうか疑問だった。路地の角から通行人らしき人が幾人も顔を覗かせていたし、彼らのヒソヒソ声も聞こえる。『映画の撮影?』などと憶測を述べていた。それに、遠くから微かにパトカーの音。

間もなくここは、警官でごった返すことになるはずだ。自然と急ぎ足になった。

そこで、いきなりイヴの警戒の叫び。

「剛さんっ!」

その瞬間、剛も気付いた。

遠見の横に立つ謎の銃を構えた男、そいつがまたそれを持ち上げている。今度は剛達に向けて。

「遠見っ。俺達をハメたな！」

「誤解は後で解くよ。説得している時間が無くて悪いね。——撃てっ」

ばれたと見るや、遠見は急いで号令をかけた。

誤解は後で解くだと？　ふざけるなっ。

さっさと逃げようとした剛を、イヴが横抱きにしてがっちりと抱き込んだ。

「わっ」

どんっ、と路上を蹴る気配。

剛は自分が軽々と滑空しているのを知り、イヴの跳躍力に驚嘆した。お陰で、その直後に放たれた例の緑光をかわすことが出来た。

どうやらあの武器は発射した光線が上下に広がるらしく、それを見ていたイヴは迷わず、可能な限り背後へと跳躍したのだろう。

かわされた途端、遠見は部下から不格好な銃をひったくり、走って距離を詰めようとした。イヴは着地すると同時に一度は収めていた光剣のスイッチを入れ、遠見を迎え撃とうとしている。

剛はといえば、そんなイヴの服を引っ張り、逃走を促そうとした。

しかしそこで、一時的に忘れられていたレインが動いた。

まだ全然諦めていなかったのだ、こいつは。

「おおおおおっ！」

レインの力強い雄叫《おたけ》び。

思わずそちらを見た剛の目に、レインが緑光の網を振り払って立ち上がるのが見えた。

その身がくまなく光を放っている。どんな能力だか知らないが、こいつの武器は光剣だけではなかったようだ。

振り返った遠見が、剛が初めて聞く唖然とした声で、

「馬鹿なっ、電磁波を無効にしただと！　あり得ないっ。一体君は、どんな世界から――」

言いかけたものの、レインがダッシュしてくるのを見て、慌てて手にした銃を構えようとする。

だが、既に遠見の間合いに入っていたレインが、その武器を蹴り飛ばしてしまう。明後日の方へ飛んでしまった銃を後目《しりめ》に、遠見は思わぬ反射神経を見せて跳躍し、レインの追撃を避けた。

しかしレインもまた跳んでいる。しかも、遠見とほぼ時を同じくして。

「がっ」

空中で遠見はレインに蹴られ、路上に叩き付けられていた。いい気味である。

剛が見ていたのはそこまでだ。

「今のウチだっ。逃げよう、イヴ！」

「う、うんっ。あ、待って！」

足を止めたイヴは、途中で落ちていた買い物袋を回収してからまた走り出した。

背後から、「待つんだっ」という遠見の叫び声がしたが、二人とも当然のように無視した。

待ってたまるか、クソ馬鹿野郎っ、という感じである。

もはや、あいつを信用する気にはならない。

せいぜい、レベル99のレインにボコボコにされるといいのだ。


途中、何度も走る道を変え、さらには普段は乗ったこともないタクシーを二度も乗り換え、二人は一時帰宅した。

この状況下で帰宅するのが危険すぎるのはわかっていたが、イヴが持っていたMC51サブマシンガンなどの武器や弾倉を、どうしても回収したかったのである。

幸い遠見達は、まさか二人がすぐに家に直帰するとは思わなかったのか、今朝方のようにひょいと姿を現したりはしなかった。あるいは――こちらの方がよっぽど可能性としては高そうだが――未だにレインと追いつ追われつしているのかもしれない。

そうであってほしいし、仮にそうだとすればいい気味だと剛は思う。というのも、これは単なる勘だが、あの黒衣のレインは、遠見の手にさえ余るような気がするので。

剛は、せっかく与えられた猶予を無駄にせず、押し入れから埃だらけのテニスバッグを引っ張り出し、そこにマシンガンやら細々とした自分の着替えやらを放り込んだ。

どこかへ逃げないといけない。

レインを寄越した謎の組織にはまだここは見つかっていないだろうけれど、遠見に知られているだけでたくさんである。もうここにはいられないのだ。

焦りと蒸し暑さで、額からぼたぼた汗をしたたらせつつ、なんとか作業を終えた。ようやく一息つき、どさっと椅子に腰を下ろす。

一気に疲れた気がする。

「……迷惑かけてごめんなさい」

突然、窓際に立つイヴがそんなことを言った。

「は？」

なにを言っているのかわからず、剛は間抜けな声で問い返す。イヴは視線を逸らし、俯いていた。声が震えている。

「わたしが来なかったら、こんなことにはならなかったのに……」

「ああ、そういうことか。……別に関係ないよ。そもそも、君をここに連れてきたのは、俺の意思だったんだし。もう一蓮托生《いちれんたくしょう》だろ。しょぼいこと言うなって」

やせ我慢の元気をかき集め、そう言い放つ。ただし、本気でそう思っているのも事実だ。別に、こうなったことを後悔はしていないのである。

「どうせ俺、普段から一人でいることが多いしな。ただ惰性で嫌々学校へ行って、時間が来たら帰る……そんなルーティンワークみたいな毎日にうんざりしてた。それに比べりゃ、こういう生活はまだ『生きてる』って感じがする。生意気なようだけど、人間、なにか張り合いがなけりゃ生きていけない」

イヴが気にしないようにと、精一杯慰めたつもりである。

ただし、これもまた、全く剛の本音だったのだが。

ともあれ、イヴは多少元気が出たのか、控えめに微笑んでくれた。

「剛さんて、最初に会った時はなんだか怖い人だと思ったけど、ずっと一緒にいると、本当はそうじゃないってよくわかるわ。よかった……剛さんが側にいて」

「い、いや。そりゃ俺だって。一人だったらもう泣いてるかもな」

「……ちょっと想像できないかな、そんな姿」

「いや、そりゃひどいんじゃないか？」

二人揃って微笑む。

——玄関のチャイムが鳴った。

二人して息を吸い込み、反射的に顔を見合わせる。イヴの怯えを含んだ表情と戦慄く唇を見て、剛は却《かえ》って落ち着いた。

慌てるな、雪野剛……とにかく、まだ捕まったわけじゃない。考えろ、どうすれば最善の行動なのか、それを考えるんだ、今すぐ！

間を置き、二回目のチャイム。

とりあえずたった今、武器を山盛り詰め込んだテニスバッグをひっ掴み、またもや銃を取り出す。イヴが怯えたような目で、玄関とこちらの両方をせわしなく見比べた。

剛は大きく息を吸い込み、自らを鼓舞するように一つ頷く。

イヴには、「動かないように」と忠告し、部屋を出て襖を閉めた。で、自分は銃片手に足を忍ばせて玄関に立つ。覗き窓から外を見る。思わず脱力した。

相手は愛海だったのだ。

「雪野君！　いるんでしょっ。早く開けなさいよっ」

「なにか用かよ」

全く、いい迷惑である。

この後、すぐに出て行くつもりだったのに。

「やっぱりいた。じゃなくて、その言い方はなに。せっかくプリント届けに来てあげたのに」

「そうか……つーか、下校が早いな、おまえ。悪いけど、玄関ポストに突っ込んでおいてくれ。今、立て込んでるんだ」

「駄目。ちゃんと手渡すまで帰りませんからね！」

剛は顔をしかめた。

愛海はその押しの強さから予想される通り、非常に頑固な女の子である。自分で宣言した限りは、ドアを開けるまで玄関前でがんばり続けるに違いない。

やむを得ず、剛はまた小走りに部屋へ戻り、銃をテニスバッグに戻した。

イヴには早口で事情を説明し、もう一度玄関に戻る。彼女の靴をそこいらに隠してから、渋々とドアを開けた。

「ほれ、プリントくれ」

いきなり手を伸ばす。

愛海は素直に渡そうとしなかった。ジロジロと剛を眺め、次に、閉め切られた背後の襖を実に胡散臭そうな目で見やる。

制服のスカートの腰に片手を当て、眉をひそめた。

「いつも、奥の部屋への襖は開けてあるじゃない？」

「いつもって……おまえがここへ来たの、まだ三度目くらいじゃないか。それもプリント届けにとか、連絡事項の伝達とかでだろ」

「いいえ、四度目よ。それから、ありがとうくらいは言ってくれてもいいと思うけど？」

「感謝はしてる。この無愛想な口の利き方は、生まれつきでな」

ひょいと肩をすくめた。

自分ではポーカーフェイスを保っているつもりだが、上手く演じているかどうかまるで自信はない。愛海の次のセリフで、さらに自信が減少した。

こいつはやや声を低め、

「……奥に誰かいるの？」

と訊いたのだ。

「――いいや、俺だけだ。言っただろ？　ちょっと風邪気味で頭が痛くてな。さっきまでゲームやりながら寝転んでいたのさ。散らかってるんで見られたくない」

「そう……ならいいけど」

愛海はやっと納得して頷き、ご大層に死守していたどうでもいいプリントを突き付けた。

「ねえ、ちょっとお水くれないかしら。暑い中を歩いてきたせいで、喉《のど》が渇いたの」

「……オーケー。ちょっと待ってくれ」

まさか嫌とも言えないので、剛は素直に玄関脇のキッチンに立ち、ガラスコップに手を伸ばした。途端に、ダダダッという音がした。

しまった！　と思った時にはもう遅い。

振り返った剛の目に、玄関から駆け上がってきた愛海が奥の襖を開いて飛び込んで行くのが見えた。

自分の甘さをどっぷりと後悔しつつ、愛海の背中を追う。

部屋へ入ると、ちょうど愛海とイヴが互いに目を丸くして向き合っている。

剛は思わず額に手をやり、長々と息を吐いた。これでまた、話がややこしくなってしまった。

案の定、我に返った愛海が首を巡らせて剛を見る。

涼しげな目をわざとらしく細め、ずばっと斬り込んできた。

「――それで？　誰なの、この外人さんは？」

どうやら、これ以上ごまかせそうもなかった。

遠見のことなどははぶき、出来るだけ要点をかいつまんで、これまでのことを愛海に説明した。

本意ではないが、他にこいつを納得させる手も思いつかなかったのだ。

愛海は余計な質問などせずに話を聞き、聞き終わるなり剛を玄関口に引っ張っていった。

「ちょっと！」

「なんだよ。もう気は済んだろ。知ってることは全部話したぜ？」

「そんな問題じゃないわよ！」

愛海は恐ろしく機嫌悪そうにそう言った。

クールなこいつには珍しく、感情が剝《む》き出しになっている。

一応、奥にいるイヴに配慮してか、声音だけは抑えて詰め寄ってきた。

「どうして警察へ届けないの。あなたまで危ないじゃないっ」

驚いたことに、愛海の声音には危機感が溢れていた。本気で心配してくれているらしい。

さらに意外だったのは、「そんな話は信じられない」とか「正気なの？」などの、普通の者がこういう場合に言いそうなセリフを、全く口にしなかったことだ。思ったより柔軟な思考の持ち主だったようである。

「こんな話、けーさつが受け付けてくれると思うか？　なにしろゲームキャラの実体化とか、記憶喪失少女とか、全然リアリティーのない話がてんこもりなんだぜ」

「そこまで言わなきゃいいじゃない。ただ記憶喪失の子を保護したって言えばいいわよ」

厳しく意見する愛海は、全く正しい。

剛としては反論の余地もなかった。これ以上抗弁するとなると、自分がイヴと離れたくないということも説明しないといけない。彼女に惹かれ始めている事実を教えねばならないだろう。それは気恥ずかしいことだし、そもそもここで愛海相手に話す類のことでもない。

第一、剛は元来、人に判断を委ねるタイプではないのだ。

なので、愛海には申し訳ないが、これ以上のお節介はきっぱり拒否することにした。

「忠告は忠告として聞いとく。けど、悪いけど俺の好きにさせてくれ。以後の詮索も、出来れば遠慮してくれると嬉しい」

妥協の余地もない物言いをしたせいだろうか、さすがの愛海もしばし言葉を失った。しかし、納得していないのは表情を見れば一目瞭然である。

ややあって顔を上げ、さらに説得を試みる。

「あたしはこれでも、あなたを心配しているのよ！　なにも彼女をその『謎の悪人達』に引き渡せとは言わないわ。ただ、しかるべき筋に届けろと——」

「悪いが」

剛は今度は途中で遮り、首を振ってみせた。

「俺の考えは変わらない。イヴを警察に連れて行く気はないし、この一件から手を引く気もない。……気持ちは有り難いが、俺のことは放っておいてくれ」

「……雪野君」

愛海は唇を噛んでまた俯いた。

しばらく無言のままで考え込み、深々とため息をつく。

「わかったわよ。固い決意みたいだから、もう何も言わない。……今日のところは帰るから」

向こうの部屋でこちらをうかがうように立っているイヴを見やり、愛海はもう一度吐息をついた。

「わかってくれて有り難い。恩に着るよ、若菜」

「お礼はまだ早いかもしれないわよ」

脱ぎ捨てたままの靴を履く途中で、愛海はぼそっと呟いた。ただでさえ抑えた声音を、さらに小さく絞る。

「……どういう意味だよ」

「もしあたしが警察に電話したらどうする？」

意表を衝かれたとはこのことだろう。

剛は口を半開きにしたまま、愛海を見やった。

まさかそこまでとは思うが、こいつに限っては可能性のないことでもない。なにしろ、気の強さと実行力では誰にも負けないのだ。

「なんて顔してるの！」

愛海は大人びた顔に苦笑を浮かべた。

「冗談よ。今後も説得はするでしょうけど、今のは冗談」

「……本当か」

「意外と信用ないのね、あたし。少なくとも友達だと思ってたのに……儚い友情ね」

「あ、いや。……すまん。疑って悪かったよ」

「わかればいいの。――ただね」

「ただ、なんだ？」

「お願いだから気をつけてちょうだい」

剛の二の腕に触れ、切実な声音で言う。

「本当に危ない橋を渡ってるのかもしれないんだから……いい、十分に注意するのよ」

まるで母が子を気遣うような口調で忠告してくれた。実際剛は、遠くに住む口やかましい母親を思い出したくらいだ。

しかし、怜悧《れいり》な表情の奥に本心からの危惧が透けて見えたような気がして、剛は黙って何度か頷いた。

いつもなら軽口の一つも出てくるところなのに、愛海の態度は最後まで真剣で、しかも切羽詰まった雰囲気を漂わせていたのだ。ならば、剛としても頭を下げるしかないではないか。

「……じゃあね。なにかあったら電話しなさいよ。いつでもいいから」

ようやく帰って行った。

閉められたドアを、剛は多少の感傷を持ってしばし見つめる。

愛海にはついに話さず終いだったが……イヴと二人で、これからすぐに家を出てしまうのである。もしかしたら、これが愛海との別れになるかもしれない。

――この時はそう思っていたのだ。

感傷に浸った後は、不安が芽生えた。

さっきの愛海の脅しは、本当にただの脅しなのだろうか。心配すると思ってあいつには話さなかったが、ついさっき偽警官に遭遇したばかりなのだ。

万が一にも愛海が警察へ連絡して、どやどやと押し掛けてくるのがもし、あんな偽警官の一団だったら？

そうなったら今度こそ、イヴは連れて行かれる羽目になるかもしれない。


部屋に戻ると、イヴが息を詰めたような表情で剛を見ているのに気付いた。

「なに、どうかしたか？」

また椅子にどっかりと座って尋ねる。

イヴは窓際から動かないまま、

「……わたし、ここにいてもいいの？」

怖々といった感じで訊いてきた。

「なんだ、聞こえてたのか」

「……でも、そういう話じゃないかなって」

「そう……いや、確かに似たような話だったけどね」

今の話のだいたいの内容を説明してやった。

もちろん、愛海が悪気があって忠告したわけではないことも、きちんと釈明しておく。

話し終わって顔を上げ、張りつめたように緊張した顔のイヴに驚き、剛は座り直した。

「そんな顔することないって。さっきも言ったじゃないか。ここにイヴを連れてきたのは俺の意志だって。後悔してないし、これから先、後悔することもない。イヴが気にすることないさ」

剛は自分がいつの間にか、イヴを名前で呼んでいることに気付いた。まあ、それを言うならイヴだって剛のことを名前で呼んでいるわけだが。

生じた沈黙が気恥ずかしく、剛は立ち上がってイヴの前に立つ。彼女は女性としては背の高い方なので、剛と目線の高さがほとんど変わらない。

スタイルも良く、もしこの現実世界で売り出せば、たちまち芽が出そうだった。

ただ顔つきだけは途方に暮れた迷子の女の子（実際、そうだが）といった風情で、心細そうにこちらを見つめている。

剛は衝動的にイヴの手を取り、握った。イヴが空色の瞳を大きく見開く。だが、手を振り払うようなことはしなかった。

「真面目な話、イヴがいてくれて嬉しい……」

気がつくと、思ってもみなかったことを口走っていた。

「昨晩も言っただろ？　俺、初めてちゃんと誰かの役に立っている気がする」

「……うん」

イヴは頭だけをこつんと剛の胸に当て、恥ずかしそうに呟いた。

「剛さんがいてくれて助かってる、わたし。一人だったら、どうしていいかわからなかったもの」

「そうか……良かった」

まるっきり凡庸《ぼんよう》なことしか言えない自分に嫌気がさしたが、とにかく剛はそう言った。

自分の気持ちをイヴに上手く伝えられないのはもどかしいが、その反面、察しのいいこの子は
剛の気持ちくらいちゃんとわかってくれているのではないか、という気もするのだった。

「それじゃあ、とにかく今はさっさとここを出よう。なっ」

「ええ！」

第四章　砕けた真実

突然押し掛けてきた剛とイヴの二人を見ても、祐一は迷惑そうな顔などしなかった。むしろほっとしたように破顔した。

何を信じていいのかわからないこの状況で、友人のいつもと変わらぬ笑顔はなにより有り難い。

剛はようやく緊張が緩むのを感じた。

「剛君！　良かったっ。携帯が切れたまま、後は全然繋がらなくなったから心配してたんだ」

「ああ、悪い。あれから電源落としたままだった。ちょっと電話どころじゃない騒ぎになっちまってさ」

「そうだったの……。まあ、とにかく中へ入ってよ」

剛が切り出す前に、向こうから言ってくれた。そして祐一は、やっとイヴの方に控えめな視線を投げ相手が小さく頭を下げたのに慌て、自分も何度も低頭する。

「あ、ああ。どもども……」

確認するように剛を見たので頷いてやった。

「おまえの想像通りだよ、この子がイヴだ。——イヴ、こいつがさっき話した佐和祐一な」

ごくごく簡単に紹介すると、イヴと祐一は、また二人してぺこぺこ頭を下げあう。

微笑ましい初対面の挨拶が終わると、祐一は感心しきったように洩らした。

「なんて言うか……いつもの僕の与太話より十倍は信じられない事態だよね、これって」

「否定できないのが辛いな」

剛は渋い顔を作って頷いた。


祐一の家族は父親だけで、しかも彼は今、海外出張中である。そのため、剛は気分的には多少リラックスした状態でリビングに陣取り、祐一にこれまでの経過を説明することが出来た。

口を半開きにして全部聞き終わると、祐一は「うへえ」と一声奇声を上げ、ソファーに背中を預けた。

「剛君てば——。いつの間にか、僕よりずっとアウターゾーンの人になっちゃったんだねえ」

「なんだよ、そりゃ」

剛はわざと怒った振りをして、

「俺がアウターゾーンの人になったんじゃなくて。周りだろ、妙なのは」

「わたし、普通の女の子だもん」

イヴが遠慮がちに異議を唱える。

剛と祐一は二人して軽く笑い声を立てる。

まだ笑える自分に、剛は少々ほっとした。

「ええと、イヴさん？　わかってますよ、ええ。ただの比喩《ひゆ》ですから」

イヴにそう言い置き、祐一は改まった顔でまた座り直した。

「まあ、なにはともあれ無事で良かった。今の僕は、一人暮らしも同然だからね。好きなだけここにいてくれていいよ、うん」

「いや……なんつーかその――」

上手い感謝の言葉を思いつかず、剛は結局シンプルに礼を言う。

「すまん！　正直に言うが、めちゃくちゃ助かる。まだ解決の糸口さえ見つかってないんで、いつ家に帰れるかわからない状態なんだ」

「それだけど――」

祐一は眉をひそめて腕を組み、

「現在、剛君達を二種類の敵が追ってきているわけだよね。一つはその、レインやイヴさんを捕らえていた組織。もう一つはその遠見って人が所属する組織と。そのどちらかでも正体がわかればいいんだけどねえ」

う～ん、と考え込んでいた祐一は、剛がまじまじと自分を見ているのに気付き、首を傾げた。

「――？　どしたの」

「いや……なんでレインやイヴが、片方の追っ手であるそいつらに捕まっていたってわかるんだ？　素性はまるで謎だし、イヴの記憶もないのに」

「ああ、なるほど。そういや剛君にはまだ言ってなかったね。実は僕、以前ネットに流失した、『外国人居住者の名簿』ってのをハードディスクに保存してたわけ。そこには都内はおろか日本の主だった都市に住む外人さんの住所が全部載ってたんで、そこから色々調べてみたんだ」

「そんな名簿があるのか……」

「うん。訪問販売とかの業者から流れたらしいけどね。去年、ニュースにもなったよ。知らない？　不注意からネットに個人情報流出ってさ」

「そういや、そんな事件もあったかな」

うっすらと記憶にあった。

しかし、そんなものをちゃっかり保存しているところなど、さすがは祐一だと思う。

祐一は特に自慢するでもなく、淡々と続けた。

「話を戻すけど。そのリストからさらに他のさるデータベースに当たって、イヴさんに特徴と年齢が一致する人を片っ端からリストアップしてみたわけさ。そっちはちょっとハッキングしたんだけど」

「それで、結果は！」

剛は思わず身を乗り出した。

隣に座るイヴも、成績表を受け取る間際の生徒みたいに緊迫した顔で、祐一を見ている。

二人分の熱い視線を受けた祐一は、実に申し訳なさそうに肩をすくめた。

「……成果なし。年齢と特徴が一致する人は千人以上いたけど、全員所在がはっきりしてる」

「そうか……」

残念でもありほっとしたようでもある複雑な気分で、剛は息を吐いた。

イヴの方は完全にがっかりした表情である。祐一は自分が悪いわけでもないのに声を低め、続けた。

「そういうわけで、イヴさんはどこか他の国から無理矢理連れてこられたんじゃないかなあと僕は思ってたんだけど。あるいは――」

言葉を切った祐一に、俯いていたイヴが顔を上げた。

「あるいは……なんでしょう?」

「ええと。あるいは、僕らの思いもかけない場所がイヴさんの故郷かなと。たとえば異世界とかね」

いつもの「祐一節」を聞いた剛は、しかしいつものように笑って済ますことが出来なかった。

そう言えば、昼間のレイン相手の戦いで、遠見は妙なことを口走ってなかったか?

確か……そう、『一体君は、どんな世界から――』とかなんとか。

冗談ごとではない。

俺は真実、アウターゾーンの世界に紛れ込んでしまったらしい……。


三人でワイワイ言いながら料理の用意をし、夕飯を摂《と》った。

食卓を囲んでの食後の団欒《だんらん》も、かつてないほど楽しいものとなった。

祐一はいつものように気弱に微笑んでいるだけで、ほとんど剛達の会話の聞き役に回っていたが、気を遣わずに済む友人が側にいるというだけで気分的に大いに助かった。

こいつを巻き込むわけにはいかんよなあと剛は思う。まさか遠見達が自分と祐一の密かな交遊を知っているとは思えないが、それでも祐一に危害が及ぶ可能性が皆無とは言えない。

なるべく早くなんらかの方策を立て、ここも出て行かないといけないだろう。

問題なのは、この謎を解く手がかりの欠片も見つかっていないということだが、剛のその考えを読みとったように、珍しく祐一が口火を切った。

「で、明日からの予定は？　なにかアテはあるのかな」

「アテっていうか……俺、一度自分の家に帰ってみようと思う。あ、もちろん、母さんのいる方の家な」

「ああ、確か遠見って人が忠告したんだったよね、『家に帰ってみたまえ』って。――電話じゃ駄目なの？　今となっては危険でしょ」

「電話はしてみたんだ、ここへ来る途中でまた、な。けど――」

「けど？」

祐一が表情を引き締める。

剛は笑って手を振り、

「いや、安心してくれ。別に異常とかは無かったんだ。母さんはいつも通りだった。ったく、誰かそっくりにガミガミ言われたよ。『最近、なにかあったんじゃないの？』とかネチネチと勘ぐられたりして。母親ってのは鋭いよな」

「そう……。じゃあ家に帰ってみろっていうのは、なにか思ってもみなかったことを暗示しているのかもねえ」

「つーか、裏切り者の遠見の言うことだからな。レインを送り出した一派同様、信用ならないのは同じなんだけど」

とそこで、イヴが小さく声を上げた。

期せずして二人とも彼女に注目する。

「あの、それで思い出したんだけど。例の黒服の人のこと……」

「レインのことか？　そういや、イヴは戦闘直後になにか言おうとしてたな。なんか気付いたとか？」

剛が水を向ける。

「え、ええ。あまり断言出来ることでもないんだけど」

首を傾げて考え込み、告げる。

「あの人、わたしとの戦いの時、手加減していたと思う……」

イヴのセリフに、剛はかなり疑わしそうな眼差しを向けていたようだ。

というのも、イヴは剛の方を見て「本当よ。証明は出来ないけど、本当だもの！」ともう一度繰り返したからだ。

しかし……レインが手加減？

どう考えてもそんな感じじゃなかったが。

「気のせいじゃないか」

丹念に昼間の記憶を掘り起こした後、剛は両手を広げた。

「俺もイヴも、あと一歩行動が遅かったら死んでたか、少なくとも大怪我してた。……そんな場面が何度かあったんだけどな？」

「それはそうだけど、でも結果的にわたし達は無傷だったし……上手く説明出来ないけど、あの人は本当はもっとずっと強くて、まだ全然実力を発揮してなかった気がする——」

いつもは素直なイヴが、今回は随分と強固に主張していた。

あまりに熱心に言うので反論も出来ず、しばらく場が静まりかえる。と、イヴに気を遣ったわけでもないだろうが、祐一がこれまた自信なさそうに発言した。

「もしかしたら、そのレインって人はイヴさんが一時陥っていた『自失状態』じゃないのかもね。そんな振りをしているだけかも。コントロールされている演技をしていたのなら、手加減してたっていうのも頷けるしさ」

「いや、だけど」

剛は顔をしかめて、

「それならなぜ、とっととヤツらから逃げないんだ？　あいつの実力がただごとじゃないっていうなら——ていうか、あいつが強いのは疑ってないけど——とっくにそうしてるはずだろ」

「まあそりゃ、本人に訊いてみないことにはわからないけどねえ。次に会った時に訊いてみれば？」

祐一はのんびりと返し、それから「今思いついた！」という顔で眼鏡の奥の瞳を輝かせた。

「それよりさ、その光剣？　それ見せてほしいな。どんな武器なのか興味あるし。やっぱり映画に出てくるアレみたいなヤツかな」

いかにも祐一らしい申し出に、イヴは瞳を瞬き、剛は脱力した。

その後、自然と話題はレインのことから逸れてしまったのである。


心身ともに疲れきっていたらしい。

あてがわれた部屋に引っ込んでベッドに横になった途端、剛は速やかに眠りに引き込まれた。

目を閉じて次に開けたら、もう窓の外が明るくなっていた。久しぶりに、ぶっ倒れるように眠ってしまったらしい。

見知らぬ天井をしばらく見つめ、やっとここが友人の（しかも父親の）部屋で、なんと自分は女の子を連れて逃亡中の身である——ということに気付く。

その重圧に耐えかねたせいでもあるまいが、何気なく半身を起こした途端、鈍い痛みが頭の中で弾けた。

「ぐっ」

もはや慣れてしまった感もあるが、剛はまた両手でこめかみを押さえ、ぐりぐりとマッサージをする。武器の詰まったテニスバッグの中に頭痛薬も突っ込んであるものの、どうせいつものごとく、服用したところでろくすっぽ効くまい。

そのうち、昨日もちらっと戦闘中に見たように、視界が奇妙に歪《ゆが》み、幻覚が見え始めた。

厚い生地の絨毯に、市長が使いそうな使い込まれた大きな机、そして年代物の木目が美しい本棚……そんな、この部屋の調度品全てが揺らぐようにして視界から消え失せ、代わりに見たこともないものが見え始めた。

昨日とは違い、今朝のは恐ろしくリアルな、現実感を持った光景だった。

剛は、見知らぬ廊下を歩いている。

そこは全てが画一的でまるで人間味のない、映画に出てくる軍の施設みたいな場所だった。廊下の照明はやたらと薄暗く、辺りに窓の類は全くない。あるいはここは、地下なのかもしれない。かつてテレビで見た、潜水艦の内部に少しだけ似ている。ただし、あれよりずっと広々としている。

剛は磨き抜かれたリノリウムの床を空虚な靴音とともに歩き、数多くある部屋のうち、一番奥の部屋を目指している。

そして、青い光が微かに洩れている、そのドアの前に立つ。

銀色のドアの横に長方形の枠があり、剛がそこへ右手をぴたりとつけると、ドアはあっさりと横に開いた。

内部に入ってすぐに目に入ったのは、部屋の隅にある二つの奇妙な形の「何か」である。そのそれぞれには男女が半ば横たわる姿で――

『剛さん！』

『剛君！』

二人分の怒鳴り声が耳元でして、剛はようやく幻――それもやたらとリアルな幻覚から逃れられた。

別世界を映していた視界が、やっとのことで剛が知っている現実世界へと戻る。

だいぶマシになっていたものの、未だにズキズキする頭に顔をしかめ、とりあえず剛は片手を上げた。

大丈夫だから――というサインのつもりである。

しばらく呼吸を整え、ようやっと話せるくらいに回復してから言う。

「……おはようさん」

二人分の、どっと息を吐く音。

祐一は眉をひそめ、

「おはようさんじゃないよ。イヴさんに呼ばれて飛んできたら、剛君が人形みたいに虚空を見つめてるんだもんなぁ。さすがの僕も焦ったよ。剛君まで自失状態になったかと思った」

「――いや。最近さ、ちょっと頭痛に悩まされててな」

「……それ、前にも言ってたわ、剛さん。ねえ、お医者様に診《み》てもらった方がよくないかしら」

イヴが泣きそうな顔を見せる。

本気で心配してくれるイヴに胸が熱くなり、剛は何度も頷いた。

「――そうするよ。この一件がちゃんと片付いたら。だけど、今はそれどころじゃないだろう」

同時に何か言おうとした二人を手で押しとどめ、剛は首を振った。

「大丈夫、もう収まった。ほら、着替えるからちょっと席を外してくれ。なっ」

背中を押して、二人をまとめて部屋から追い出す。

ドアを閉めて、やっと少しほっとした。

ややあって、右手をそっと顔の前に出してみる。

剛の動揺を証明するかのように、指先が細かく震えていた。そのまま呆然と指を見つめていると、しまいにはその震えが全身に及んでいった。

「全くだぜ……医者に行くべきだよな」

とはいえ、これは医者が治せるような普通の頭痛ではない――そんな予感がする。

そう、もう認めるしかないだろう。

明らかにこの頭痛は、ゲームのやりすぎなどという能脳天気な理由のせいではない。なにか、得体の知れない原因があるのだ。ただの偏頭痛ならここまでひどい痛みを伴うのはおかしいし、それに幻覚まで見始める始末だ。

どうやら剛自身もまた、祐一の言うところのアウターゾーンの世界に足を踏み入れているのかもしれない。

気持ちが多少落ち着いてから一階に下り、祐一が用意した朝食をご馳走になった。メニューは焼き魚にみそ汁、それに卵焼きである。

剛は知らなかったが、早起きしていたイヴも、料理を手伝おうとしていたようだ。しかし体験談からすると、彼女にはそっち方面の才能はなかったらしい。

卵を幾つか無駄にしたそうで、祐一にぺこぺこ謝っていた。

「ああ、いいですよ。気にしないで。――多分、異世界とこっちじゃ料理の仕方が違うんですよ、ええ」

祐一としては精一杯の慰めだったろう。だが、ジョークのはずのその言葉に、イヴは真剣に「そうかも……」などと呟いていた。

なんだか、祐一の「異世界からの来訪説」を本気で信じ始めているようである。

ともあれ、滞りなく食事を済ませると、剛は昨日に引き続いて学校に病欠の電話を入れた。今となってはそんなもんどうでもいいような気もするが、これは日常生活復帰を諦めたわけではないという、自分自身への宣告みたいなものだ。

どのみち、永久に逃亡生活を送るわけにはいかないのだから。

「じゃあ、ちょっと行ってくる」

イヴを伴い、軽い挨拶をする剛に、祐一は戦地に徴兵された友を見るような目を向けた。用心するから大丈夫だって、と言ってやったが、厳しい顔つきのまま首を振る。

「あのさ。いま剛君の家には、遠見さんだかなんだかが張り込んでいる可能性があるわけでしょ」

「……まぁな。だけど、様子は見に行かないと。なんたって自分の母親に関わることだし」

「うん、わかってるんだ。僕だって立場が逆ならそうするさ。でも、危険すぎるよ。のこのこ帰るなんて」

不安そうにそう言った次の瞬間、祐一は小さく手を叩いた。

「なんだ、なんか妙案でも？」

「妙案ってほどじゃないけど……。あのさ、剛君は車の運転とか出来るかな」


妙なことになった。

確かに、オートマチックのカローラの運転くらい、やってやれないことはない。実を言えば、中学生の頃に家の車を出して近所を一回りしたことすらある。その頃の剛は、割と無謀な性格だったのだ。

だが言うまでもなく、剛は当時も今も免許を取得出来る年齢ではない。警察にでも止められたら、即座に捕まるだろう。

「いや、朝の通勤ラッシュ時に、滅多に検問なんてやってないさ。剛君は大人っぽいし、見ただけじゃわからないよ。それに、向こうで見張っている人がいたとして、その人は剛君が車で来るとは思ってないでしょ。接近しやすいかもしれないよ。逃げる時にも便利だし」

「そ、そりゃそうかもだが。でもマジな話、銃撃戦とかになったらどうする。弾痕だらけにして返したら、おじさんがぶっ倒れちまうだろう」

「いいよ、どうせ八年落ちのカローラなんだ。僕の父さん、物わかりがいいしね」

ホントかよ、と思う。

いかにもそういう目つきをしていたのだろうか。祐一は眼鏡を押し上げ、弱々しく笑った。

「それにさ。こうやって車を押し付けておけば、剛君はまたウチへ帰って来てくれるだろうしね。そういう理由もあるんだ、うん」

あまり物事に感動しない剛も、これにはさすがに感激した。

イヴもひどく好意的な笑みとともに言った。

「お友達思いなんですね」

「え……いやぁ」

剛同様、女の子慣れしていない祐一は、イヴの賞賛に頬を真っ赤にしていた。

まだ登校時間が来ていない祐一の見送りを受け、剛達は出発した。

本当は祐一はしきりに「僕も学校休んで一緒に行くよ」と申し出てくれたのだが、そちらは二人とも断固として反対したのである。

祐一がついて来てくれれば、そりゃ心強い。

しかし、危険なのがわかっているのに、大事な友人を巻き込むわけにはいかない。それを言うならイヴにも留守番していてほしかったのだが、剛は彼女には制止の言葉をかけなかった。拒否されるに決まっているからだ。

それに、現実にはイヴの方が剛よりよほど戦力になるのである。元々の才能なのか、それとも捕まっている間になんらかの訓練でも（あるいは刷り込みでも）受けていたのかは不明だが、レインとの戦闘を見れば、イヴが戦士の資質を持っているのは明らかだった。

走り出してすぐに、イヴが尋ねてきた。

「車の運転、平気？」

今日の彼女は、昨日の戦闘でも死守していた買ったばかりのブラウスと、フレアなミニという姿だった。あと、外に出た時に目立つ金髪を隠すため、ブラウスと同色の薄青の帽子も用意してある。

そんなイヴを横目で見ていた剛は、目が合ってしまって慌てて視線を逸らした。

「あ、ああ。ステアリングとブレーキ、それにアクセルだけだからな、気をつけなきゃいけないのは。前に悪戯《いたずら》で運転したのが役に立ったみたいだ。なんとかなってるよ」

二車線ある国道の車線の、なるべく左側ばかりを走りつつ答える。

二つ向こうの県まで行かないといけないのだ。ともかく慎重に運転して、速度制限もきっちり守っていた方がいいだろう。

「そう……じゃあ安心ね」

「おう。任せてくれ」

強がりが八割――といった剛の返事を最後に、しばらく会話が途切れた。

ちょうどいい機会なので、ラジオを点《つ》けてニュース番組に合わせてみる。が、祐一の家のテレビでもそうだったが、相変わらずどこの局でも昨日の銃撃戦についてなにも語られていなかった。チャンネルを替えても同じである。

どうも……おかしい。

彼らがなんらかの組織だとして、あんな公の事件を揉み消すほどの力まであるものだろうか。

不安が、剛の沈黙をさらに深くする。

そのうち車は、通勤ラッシュで混雑する市内を何事もなく抜けてしまった。

確かに、車で移動というのは敵の意表を衝いているかもしれない。いつものように電車とバスなどを利用していたら、もう見つかっていたかもしれないのだ。

半時間かけて隣の県に入った頃、ようやく運転にも慣れてきた剛は、黙り込んだままのイヴが気になってまたそっと助手席を見た。

別に俯いているだけで変わりないように見えたのでまた視線を戻そうとして、そこで気付く。

よくよく見るとイヴは、なにかを堪えるように白い歯を噛み締め、細かく震えていた。

「ど、どうしたっ」

車を止めようかと思った剛だが、今走っているここは片側一車線の県道である。安易に止めたりも出来ない。

それに、イヴがそれと察してぎこちない笑みを浮かべた。

「へいき。気にしないで」

「いや、気にするさ。どうして震えてたんだ」

技術が未熟なので、運転に集中しなくてはならないのがもどかしい。

それでもチラチラとイヴの横顔をうかがう。

剛の視線に気付いたイヴは、「しょうがないわね」といった感じで、途切れがちにポッポッと話してくれた。

「時々、とても怖くなるの。自分は一体、誰なんだろうって。なんのために、どこから連れて来られたんだろうって。記憶が全然無いのって、とても不安なのよ」

「……ああ、なるほど」

我ながら間抜けな返事しか出来ないことに、嫌気が差した。これまで、彼女の気持ちを推し量ってやれなかった自分が腹立たしい。

言うまでもなく、不安なのは剛だけではないのだ。いや、少なくとも記憶だけは確かな自分の方が、イヴよりはまだ恵まれているはずである。

これまでにも彼女は、剛の知らないところで一人で恐怖に耐えていたのかもしれない。

「大丈夫だから、剛さん」

深呼吸してから、イヴは儚げな微笑みを見せた。

「とにかく、一人じゃないもの。それだけでも、全然違うわ。本当よ、本当だから！」

信じてほしいのか、一生懸命に言う。

「そりゃ俺もさ」

剛は、なるべく説得力のありそうな声音で続けた。

「少しずつ前に進んでりゃ、そのうちなにもかも解決するって」

本当にそうなってほしいものだ。


走り続けること、総計で約二時間。ようやく、鈍行列車しか止まらない目的の田舎町に着く。

ここが、剛の家がある町だ。家よりも田畑が目立つほのぼのとした町をゆっくり走り、ようやく自宅の近所にたどり着く。

まずは遠くから素通りして我が家を遠望するだけに留め、近所で怪しいヤツが見張っていないかを慎重に確認した。

もっとも、見通しの良すぎるこの辺で張り込みなどしているヤツがいればどうしたって目立つし、最悪の場合、付近に住む人が警察に通報するだろう。都会と違い、この辺は家も密集していないし、隣近所だって顔見知りばかりなのだ。

で、やっぱり特に不審なヤツは見当たらない。

それよりも剛が眉をひそめたのは、遠くから久方ぶりに見る我が家の雨戸が、きっちり閉まっていたことだ。

……おかしいぞ。

家には母親がいるはずだし、もし買い物に出たとしても、いちいち雨戸など閉めていくはずがない。心配と不安で胸に何かがつかえた気がする。

どうしたの、と早速訊いてきたイヴに、剛は自分の不安を説明してやった。彼女は目を細めて剛の指差す方向を見やり、きっぱりと言った。

「とにかく……調べてみるしかないわ」

「——そうだな」

剛は首肯した。

こうして、不安にかられて遠望しているより、その方がよほど建設的である。

「よし。今度は家の前の道を流してみる。誰もいないようならそのまま車を止めて入るし、誰かいたら、そいつが近所の人かそれとも全然知らないヤツか確認するよ」

賛成するようにイヴが頷き、後部座席に放り出したままのテニスバッグを引き寄せた。いざという時は援護してくれるつもりなのだろう。

そして、剛は停めていた車をそっと発進させた。


ポツポツと建て売り住宅が集まる住宅地、その外れの一軒が剛の家だ。

玄関先に立つなり、剛はすぐさま違和感を覚えた。

門の表札には、確かに『雪野』とあるし、見慣れた我が家に間違いない。

しかし、一階も二階も雨戸が全部閉まり、人の気配がまるでない。庭は雑草で覆われ、目を覆わんばかりの惨状を示している。どこから見ても、長い間放って置かれた空き家、といった様子なのだ。

呆然と立つ剛の肩に、イヴがそっと手をのせる。

「……とにかく、入ってみましょう。鍵、あるんでしょう?」

「あ、あああっ」

がくがくと頷き、やっと剛は動き出した。震える手でポケットから鍵を取り出し、狭い庭を横断して玄関前に立つ。焦燥感で指が震え、解錠を何度もミスった。それでも、なんとかドアを開けて中に入る。

途端に、鼻につく埃《ほこり》っぽい臭い。

長期間空き家になっていた家にありがちな、よそよそしい臭気である。おまけに、空気も澱《よど》んでいる。玄関口には靴の一足とて出ておらず、そこから続く廊下にはうっすらと埃が積もっている。もはや間違いない。いつからそうなのかは不明だが、この家は使われていないのだ。

——馬鹿なっ。ここでは母が待っているはずなのに!

狂ったように駆け出し、剛は次々と部屋を調べて回る。キッチン、応接室、二階の自分の部屋、どれも記憶にある場所に間違いない。

家具もちゃんとある……剛達親子が生活していた雰囲気はちゃんと残っている。ただ、人の姿——より正確に言えば、母の姿だけがないのだ。

「そんな、馬鹿な! おかしいじゃないかっ。それなら、俺が電話で話してきた母さんは一体誰なんだ？」

あれは確かに母親だった……母親だったはずだ！

夢遊病者のような歩みで二階の廊下を行き、一番奥の母の部屋に入ってみる。ここも他と同じで、空気が重く澱んでいる。ずっと誰も入ったことがないらしく、綺麗好きな母親がこまめに掃除してた絨毯にも、埃がうっすらと積もっていた。

ただし、微かに……ほんの微かに、懐かしい母の香りが残っている。それに気付いた途端、どっと涙が込み上げてきた。常に温かく迎えてくれるはずだった母の不在を知り、張り詰めていたものが崩れそうになったのだ。

剛は自分が、そんなに母と仲が良かったとは思わない。むしろ普段から会話も少なく、よそよそしい方だったろう。しかし、にもかかわらず、今になってやっとわかった。

自分が、心の底ではあの口うるさい母が大好きだったのだということを。

ただ、いつでも会えると思っていた時には、そうと意識していなかっただけなのだ。

くそっ、みっともないぞ。泣くな、剛！

まだ母さんがここにいないことがわかっただけだ。どこかで無事に過ごしているかもしれないじゃないか！

自分を叱咤《しった》することで、なんとかメソメソするのは回避した。イヴが階下にいるのに、そんなみっともない真似は願い下げだ。

とにかくもう一度下へ戻ろうとした時、ふとあるものが目についた。それは、母が使っていたパイン材の小さな机の上に、伏せて置いてあった。

母親の持ち物とは思えない、黒縁の大きな写真立てだ。絵を入れる額くらいの大きさがあった。伏せてあるので、どんな写真が入っているのかはわからない。わからないが、どうもアレは誰かの葬式に使用したものだと思う。なぜなら、縦長の写真立ての上部に、黒いリボンがかかっていたからだ。そんなもの、葬式でしか使うまい。

しかし……葬式だって？

そんなの、いつやったのだ。そもそも、誰の葬式なのだろう。この家には、母と俺しか住んでいない。

肌が粟立《あわだ》ち、蒸し暑い室内にもかかわらず、なにかぞくりと悪寒が走った。

理性では、「あの写真立てにどんな写真が入っているのか確認せねば」とわかっている。見覚えがない以上、そうすべきだと思う。しかし、伏せてあるそれをひっくり返すのが、途方もなく怖かった。

嫌な予感がして、どうしてもそれを拭えなかった。

剛は、死病に取り憑《つ》かれた老人のような足取りで机の前に行き、細かく震える手でその写真立てを摑む。

また何度か深呼吸した後、思いきってそれをひっくり返した。

——そこに入っていた大判の写真。

それには、剛と母が二人で肩を寄せ合って写っていた。

思わず声を上げ、剛は写真立てを落とし、後退《あとずさ》った。よろめき、どんっ、と壁に背中を当てる。

どういうことだ？　これはどういうことなんだっ。誰か俺に説明してくれっ。なんで葬式に使う写真に、俺達親子が写ってるんだ！

俺は昨日だって普通に母さんと電話で話していた。話していたんだっ！　だから、母さんになにかあったはずがないっ。

その声なき叫びに答える者は、誰もいない……。


自分の部屋でへたり込みかけた剛だが、下からイヴの呼ぶ声がしたので、のろのろとまた階段を下りた。玄関を入ってすぐにある電話台の前に、イヴが張り詰めた顔で立っている。が、剛を見てどっと表情を動かした。どうやら自分は、よっぽどしおたれた有様だったらしい。

「ど、どうしたの、剛さんっ。なにがあったのっ」

「……いや、ちょっとね。後で話すよ。それより、なにがあったんだ？」

イヴはまだなにか言いたそうだったが、剛がそっと首を振ると、やっと電話台を指差した。

「これなんだけど。電話に、なにか妙な装置が付いているわ。これって普通なの？」

……装置？

見れば、剛の記憶にない、なにか平たいノートぐらいの大きさをした機械が、電話の下に直結する形で繋がっている。

「こんなのに見覚えないけど。いや、待てよ」

剛はふと思いつき、自分の携帯を取り出して素早くこの家の番号を押した。

すぐにベルが鳴るはずだが……そうはならなかった。

目の前の電話が鳴り出す代わりに、下に繋がっている機械に付属した小さなランプが点灯した。そして、しきりに明滅している。

眉をひそめたまま剛は待つ。

そう言えば、たまに母親に電話しても、向こうが取るまでに時間がかかっていたように思う。もしかして、このせいだったのだろうか。

——カチリ。

携帯と機械の両方から、回線が繋がる音がした。

そして、いつもとなんら変わらぬ声がした……そう、母の声である。

『もしもし……雪野ですけど？』

ぞっとした。

足下から頭の先まで冷たい衝撃が走り抜け、視界がぶれた。自分では気がつかなかったが、倒れそうになっていたらしい。イヴが慌てて背中を支えてくれた。情けないが、それで正解だった。実際、軽いめまいがしていたし、身体中が細かく震え出している。

誰だ……こいつは誰なんだ⁉

なけなしの勇気を振り絞り、剛はなるたけ平静な声を作って尋ねてみる。

「あ、母さん？　俺だけど」

『あら、剛なの。——あなた、今は学校へ行っている時間じゃないの？』

「ま、まあ、色々あってさ。それより……あのさ」

ごくりと唾《つば》を飲み下す。

「……母さん、今は家にいるよね？」

しばらくの沈黙があった。

息苦しくなるほど時間を置いてから、がらっと口調を変えた母の声が言った。


『そう……知ってしまったのね』


呆然と剛が立ち尽くしていると、同じ声が不気味に静かな口調で続けた。

『少し待っていなさいな。……今からそこへ行くから』

——それを最後に電話は切れた。

未練がましくまだしばらく耳を傾けてから、剛はやっと携帯を切って呟く。

「……ここに来るだって？」

背筋が冷たくなっていたし、手が震えていた。

「剛さん……」

背中を支えてくれているイヴが、背後からそっと手を回して抱きしめてくれた。正直、今はその同情が有り難かった。

だが、ささやかな慰めに浸っている暇はなかった。家の前で何台もの車が急停止する音がしたのだ。今の状況が状況だけに、剛もイヴもこれが偶然である、などとは思わない。二人で顔を見合わせ、同時に行動に出た。

とにかく玄関口で靴を履き、そのまま土足で廊下に駆け上がって裏口を目指す。車は、家の裏に停めてあるのだ。

テニスバッグからイヴはＭＣ５１サブマシンガンを、剛はデザートイーグルを選択してそれぞれ手にしていた。

蹴飛ばすようにして裏口のドアを開けた途端、数名の男達が隣との境目の路地を走ってくるのが見えた。全員、銃を持っている。いや、それどころかごつい防弾ベストまで身に纏っていた。

遠見のグループか、それともイヴを送り出してきた組織かは知らないが、随分と装備が充実している。もしもこいつらが秘密結社の一員だと言うなら、とんでもない組織ではある。

のんびりとそんなことを考えている場合ではなかった。そいつらは路地から庭へと侵入し、一斉に銃を構えようとしたのだ。一人が鋭い声で、「足を狙えっ。殺しさえしなければいいっ」と指示を飛ばした。

唇を噛んだ剛がデザートイーグルを持ち上げる遥か以前に、イヴのＭＣ５１が火を噴いた。

まるで、百の雷鳴が側で咆吼したかのようだった。世界最強を謳《うた》われる高性能サブマシンガンは、遺憾なくその力を発揮した。

バリバリバリッという一連の銃声が生じた途端、男達は全員、防弾ベストに銃撃の嵐を受けて吹っ飛んだ。こちらを向いたまま万歳の格好で宙を舞い、路地を挟んだ隣の家の垣根にぶち当たる。

結果的に垣根はバラバラに分解――倒れ伏した男達はそのまま動かなくなった。

イヴはほんの僅《わず》かの間絶句し、それから慌てたように剛を見た。

「ぼ、防弾ベストを着てたもの、大丈夫よねっ。ねっ？」

並の銃とは一線を画す、ＭＣ５１の威力を見て怯えてしまったようである。

剛はいかにも自信ありそうな顔を作って頷き、断言した。

「大丈夫だ。その為のご大層な装備なんだ。死んじゃいないさ、もちろん」

本当は、確信は持てないのだが。

モデルガンに興味のあった剛は、ＭＣ５１がレベル３までの防弾ベストをあっさりと貫通することを知っている。

さもありなん。このサブマシンガンに使われる弾丸は他のそれとは違い、7.62ミリ×51のライフル弾なのだ。その威力と貫通力は半端ではない。彼らが着込んでいたごついのが、ＭＣ５１に対抗できる性能のものであることを祈るだけだ。

だいたい、こちらとしては反撃する他はないではないか。黙って足を撃たれ、捕まってしまうわけにはいかないのだ。

イヴにもそう言ってやった。

「——だから、気にするなって。イヴが撃たなきゃ俺が撃ってたよ。とにかく、今は早く逃げようっ」

「は、はいっ」

素直な返事をしたイヴだが、剛が率先して背中を向けた途端、「危ないっ」と叫んで後ろから突き飛ばした。

「うわっ」

つんのめるように庭に転がった直後、ＭＣ５１の銃声が再度響き渡る。

庭に転がされた剛が焦って身体を回転させ、仰向けになって見上げると、ちょうど自宅の屋根から男が落ちてきたところだった。一人、屋根から狙っていたようだ。

さっと差し出されたイヴの手を取り、あたふたと起き上がる。

「すまない。助かった！」

「いいの！」

力強く応じつつ、イヴはＭＣ５１の弾倉を素早く交換する。まだ残弾があるはずだが、一応変えておこうというのだろう。

「……た、剛君？」

いきなり声を掛けられた。

剛が顔を上げると、隣家に住む顔馴染みの主婦が、縁側に出て来てまじまじとこちらを眺めている。奇妙なことに、自分の庭で白目を剝いている謎の男どもより、剛の方に注目していた。

「おばさん、危ないっ。家の中に入っててくれっ」

剛の怒鳴り声を聞き、おばさんは息を吹き返した。

棒立ちだったのが、まるでねじを巻かれた人形のようなぎこちない足取りで、後ろ向きに家の中に戻っていった。こちらの忠告に耳を傾けたというよりは、なにか本能的な動きである。

違和感を覚えたものの、今は呑気《のんき》に考えている余裕などない。悩むのは後にして、とにかく車へ向かって走ろうとした。

ところが、再び制止の声とともに、狭い路地から複数の足音がした。タイミングが最悪だった。二人とも走り出していたところなので、声の方に銃口を向けるのが遅れたのだ。

「やめろっ。一斉に撃たれたいのか！」

新手の集団の中から、指揮官らしき男がそう叫んで寄越した。

振り返りつつ、それでも銃を構えようとしたイヴを、剛は手で制止する。

「駄目だ、イヴ。向こうは五人だし、もう構えているんだ……先に撃たれるよ」

「剛君……」

空色の瞳一杯に哀しみを浮かべ、イヴは剛を見やる。

もう、どうしようもないの？

そんな風に無言で語りかけていた。

剛とて、どうにか出来るものならそうしたい。しかし自分だけならともかく、イヴだっているのだ。ヤケを起こして一か八かで最後の抵抗、なんて真似は出来ない。

第一、真実がなにかもわからない今の状態では、死んでも死にきれないではないか。

「撃つな……降伏するから」

「――いいだろう。武器を捨てろ、そうすれば命までは取らない」

剛とイヴはお互いを気遣うように目線を交わし、言われた通りに武器を投げようとした。

ところが、そこで再度の転機が訪れた。

大気を震わせて新たなサブマシンガンの咆吼が轟《とどろ》いたかと思うと、銃を構えていた一団が、全員不意打ちを食らって倒れ伏したのだ。

五人とも死には至らなかったようだが、それぞれ防弾ベストの及ばない手足に銃弾を受け、痛みに呻いていた。

仲良く固まって路地に並んでいただけに、受けた被害が大きい。

「な、なんだっ」

剛は呆気《あっけ》にとられつつ、それでも銃を持ち上げた。

――聞こえる。

路地を歩く足音……その足音が家の横を通り、ゆっくりと近付いてくる。壁があるので、すぐに姿が見えないのがもどかしい。

しばらく待ち、やっと救援者が姿を現した。

片手で、ずんぐりした形のイスラエル製マイクロウージーを保持し、油断ならない目つきで倒れた男達を見下ろす。なんと、少女である。しかも、剛のよく知る人物だった。

白いリボンを後頭部に飾った髪。ややキツめの顔立ちが気になるが、それ以外は文句のつけようもないほどぴしっと鼻筋の通った美人顔。

いつも剛を構っていた、若菜愛海である。

制服着用のままでサブマシンガンなど持っているので、違和感ありまくりだが。

「わ、若菜……おまえ」

愛海は目でもって剛の質問を抑えた。それぞれ呻吟《しんぎん》している敵の手から、武器を強制回収して行く。早く言えば、無理矢理取り上げたのだ。

最後のリーダーらしき男だけはまだ戦闘の意志を捨てず、倒れたまま血にまみれた銃を持ち上げようとしたが、愛海が素早く駆け寄って彼の手首を蹴りつけた。

その勢いと型は素人《しろうと》のそれではなく、男は呻き声を上げて銃を手放した。妙な角度に手首が曲がってしまっている。折れたらしい。

「き、貴様……一体なんの」

全部聞かず、愛海はさらに彼の鳩尾《みぞおち》に蹴りをぶち込み、男を気絶させてしまった。その後、残った全員を同じ要領で昏倒《こんとう》させてしまう。鮮やかな手並みは、愛海が戦闘員としての訓練を受けていることを思わせた。

あっという間に敵を活動不能にすると、愛海はやっとこちらを見た。

「話は後で。それより、あなた達が乗ってきた車ってあれ?」

停めてあった車を指差す。剛が頷くとすぐにそれに駆け寄り、なんと運転席の横に立った。

「キー貸して」

「――それは俺が運転してきたんだが」

「わかってるわよ。佐和君に電話で聞いたもの。でも、今はあたしに運転させて。あたしの方が慣れてるし、今は一刻を争うの」

「しかし――」

「捕まりたいの?」

剛は抗議の言葉を呑み込んだ。

さっぱりわけがわからないが……しかし、とにかく愛海は敵ではあるまい。なので、望み通りキーを投げてやった。

「ありがと」

キーをキャッチした愛海はさっさと車に乗り、エンジンを始動させた。手を伸ばして助手席のドアを開ける。

「なにをぼけっとしてるの。二人とも乗ってちょうだい！」

「あ、ああ」

やっと動き出そうとした剛を、イヴが袖を摑んで止める。

不安そうな顔で、

「本当に大丈夫？」

「……実は自信はない。けど、ヤツらに捕まるよりかはマシだろ？　今は若菜の話を聞いてみよう。それから判断すればいいさ」

いずれにせよ、今はそうするしかないようだった。

第五章　ラビリンス

執務室で黒木の報告を聞いた後、真堂恒彦は重いため息をついた。

巨大なデスクの向こうでゆったりと座ったまま、汗まみれの黒木を見上げる。

「どうも、君の報告を聞く度に、事態は好ましくない進展を遂げているようだが？」

「も、申し訳ありませんっ。部下には二十四時間体制で捜索させているのですが、その」

「――問題は」

部下の言い訳を聞き流し、真堂はむしろ落ち着いて叱責を続けた。

「失敗を償う機会を与えたのに、君はまたもや彼女を逃がしてしまったという点だ。……思わぬ邪魔が入ったという部分を除いても、少々不甲斐ないと思うがね。そういう相手が出現しそうなことくらい、前回の経験から予想がついたはずだと思うが」

「もちろん、我々もそれは予想していましたが……あのレインなら問題ではないと思いましたので。彼の働きが今ひとつ鈍かったのは意外でした」

「ほー、レインに依存しきっていた？」

「いえっ。決してそんなことは！　部下も可能な限り増員していました」

じいっと黒木を見つめる冷徹な黒瞳。

なまじ見かけが少年のような若々しさを保っているだけに、老獪《ろうかい》なその目つきとのギャップが薄気味悪い。真堂の実年齢を知る身としてはなおさらだ。

黒木はなるべく自信がありそうな声音を作り、断言した。

「今度は必ず捕まえますっ」

「僕が、君に見切りをつけて殺さないのは」

真堂は恐ろしいことをさらっと言った。

「……君と僕は、ある意味で共謀者だからだ。さもなければ、とうに始末している」

思わず頬が痙攣《けいれん》しそうになるのを堪え、黒木はただ黙って頭を下げた。今は余計なことは言わない方がいい。

そこで、スーツの内ポケットで携帯が振動した。はっと胸を押さえ、携帯の電源を切ろうとしたが、真堂がそれを止めた。

「いいから出てみたまえ。部下からの朗報かもしれないだろう。――その反対もあり得るがね」

「失礼します」

急ぎ携帯を耳に当て、通話ボタンを押す。

確かに部下からの報告だった。

しかもこれは――。

「……どうした？」

探るような真堂の表情を見返し、黒木はとにかく、「指示を待て！」と部下には告げておく。

真堂が無言で報告を督促していた。

……言わないわけにはいくまい。

黒木は内心で嵐の到来（無論、真堂の怒りのことだ）を予感しつつ、口を開いた。

「一号……イヴが再度確認されました」


隙のない運転を披露しつつ、愛海は制服のブラウスを飾るリボンを片手でほどき、しゅっと外した。すると、とりあえず上半身を見ただけでは、まるで学生に見えなくなるから不思議である。まあこれは、彼女の大人っぽい外見のせいも多分にあるだろうけれど。

そして、こうなっては驚くにも値しないだろうが、愛海の運転は熟練者のそれであり、達者なものだった。運転経験が豊富なのは間違いない。

暴走には当たらない程度のスピードで速やかに剛の家から離れ、そのまま市街を迂回《うかい》して高速道路に入ってしまう。

助手席の剛は沈黙に我慢ならなくなり、来た時と同じく、ラジオのチャンネルを次々と切り替えてみる。しかし今朝同様、事件を告げる速報にはぶつからなかった。

「おかしいな……まただ。いくらなんでもごまかしようがないと思うんだけどな。それとも、今晩のニュースに持ち越しか」

「いいえ。いつまで待ってもニュースになんかならないわよ」

いきなり愛海が答えた。

剛は驚いて横を見たし、イヴも後ろの座席で身じろぎした。

二人分の注目をものともせず、愛海は冷静そのものの口調で返す。

「目的地に着いたら話すから」

「どこへ向かってるんだ？　それと……なんで母さんの家におまえが？」

愛海はちらっと剛を見やり、

「……雪野君の携帯に発信器がついているの。元々、二人の後を追いかけてきていたのよ」

と謎の答えを返した。

……発信器だと？

「もう一つの質問については――目的地は、あたしが借りておいたマンション。名義は実在の、無関係な人にしてあるから、しばらくは隠れられると思う。……もうすぐ着くわ」

「わかった。説明があるなら待つさ」

「――到着の前に」

愛海は同じく静かに続ける。

「先に謝っておくわね。――雪野君がお母さんのつもりで電話していた相手……あれ、実はあたしだったの」

あまりにも自然な口調で言うので、最初、なにを言われたのかわからなかった。しかし次の瞬間、そのセリフの重みが胸の奥にずんっと来て、剛は目を見開いた。

もはや、今日何度目になるのかもわからない、衝撃の事実というヤツである。たっぷり数十秒ほど間を空け、やっと掠れた声が出た。

「だけど！　声が違うぞっ。若菜と母さんとじゃ、声が全然違うっ」

愛海は片手で髪をかき上げ、吐息をついた。

「あのね。今は秋葉原辺りでちょっと探せば、ボイスチェンジャーなんて道具が堂々と売られているのよ。そんなおもちゃは論外としても、現在の技術力なら、機械的に声を変質させるくらいはわけないの」

「じゃあ、俺がたまに母さんにかけた電話も全部……」

「ええ、全てあたしに繋がってたの。あたしが家にいる時は家にかかるし、留守にしていたら携帯へ転送される。どのみち、出るのはあたしなのよ。かけるのももちろん、あたしだけどね」

しかし——と言いかけ、剛は結局黙り込む。

そもそも、家に母親の姿がなかったのは事実である。このことで愛海が嘘を言わねばならない理由も見当たらない。それに言われてみれば、口うるさい愛海は母と似ている——そんな風に思うことがしばしばあったのだ。

それを思い起こすと、心ならずも納得してしまえるのである。

ただし、今は疑問を棚上げにするとしても、一つだけ重くのしかかってくる事実がある。愛海が声だけとはいえ母親の代理を務めていたというのなら——。

「……それじゃあ、母さんはどうなったんだ」

爪が食い込みそうなほどぎゅっと膝を摑み、剛は尋ねた。本心では訊きたくなかったが、うやむやにしておくわけにはいかない。

ほぼ無表情だった愛海は、ここで初めて唇を嚙んだ。正面を向いたままだったのが、ちらりと横目で剛を見る。そこに浮かんだほのかな同情を見て、剛は絶叫したくなった。

やめろ！

そんな目で俺を見てくれるなっ。おまえがそんな目をするってことは、もう母さんはっ。

しかし願いも空しく、愛海は押し殺した声ではっきりと言った。

「……雪野君のお母様は、もう亡くなっているわ」

恐れていた宣告が下された。

剛はがっくりと肩を落とした。このまま、どこまでも深い場所に心が沈んでいくような気がした。母さん……母さん……母さん……。

イヴが後ろから手を握ってくれなければ、とてもじゃないが涙を堪えきれなかっただろう。

隣の県で高速を降り、さらに二十分ほど走ると、車は剛が名前も知らない小さな街に入った。

愛海は、そこのさるマンションの地下駐車場に入り、車を停めた。剛が予想したより、ずっと立派な、十二階建てのマンションである。

エンジンを切ると愛海は、用意してあったらしいでかいボストンバッグに敵方の武器やら自分のマシンガンやらを放り込み、それを手に車を降りた。

「じゃあ、ついてきて」

彼女に連れられた二人は、エレベーターで最上階まで上り、案内されるまま、廊下の突き当たりの部屋を訪れた。

3LDKの広さがあるその一室は、どの部屋も質素であまり生活感もなく、本当に隠れ家として確保されていた感じがする。

調度品が少ないためか、実際以上に広く見える居間に剛達を招き入れると、愛海は珍しく自らお茶の用意をしてくれた。

それが済むと剛達が並んで座るソファーの正面に腰掛け、イヴから剛へと視線を移す。

「さて、なにから話しましょうか」

剛はなにも言わず、黙って愛海を見返す。まだ母親の死を聞いたショックが抜けてないせいだ。

「……なんなら、しばらく休む？　なんだか疲れてるみたいだし、元気ないわよ、雪野君」

「これで元気あったら、人間としてはそっちの方がヤバいと思うがな」

乾いた笑い声を響かせ、剛は長々と息を吐いた。心配そうに肩に触れてくれたイヴに、そっと頷く。しゃんと背筋を伸ばした。

今は落ち込んでいる暇などない。

「いや、話は今聞きたい。訊きたいことは幾らでもあるけど、まず母さんのことを聞かせてくれ。母さんは死んだと言ったな？　なら、いつどこで亡くなったんだ。それに、どうして俺はそれを知らなかった？」

「雪野君のお母様だけじゃないわよ。雪野君自身だって、死んでることになっているの。ただ、実際には雪野君はなんとか助かったんだけどね」

まじまじと見つめる剛に、愛海はゆっくりと言って聞かせた。

「去年の二月のことだけど。列車の衝突事故があったのよ。死者二十三人、重軽傷者は百六十八人……大惨事だったわ。その電車に、雪野君とお母様が乗っていたわけ」

「その大事故が起きた列車に……俺達が乗ってたって？」

「そう。多分だけど、高校に合格した時に、雪野君が借りることになるアパートの下見に行く途中だったのかもしれないわね、親子で。とにかく、その事故でお母様は亡くなり、雪野君も頭を強く打って意識不明。だけどあなた達親子は、公式に発表された犠牲者の中には入っていないわ。たくさん呼ばれた救急車の中に紛れ込んでいた一台に乗せられ、そのまま政府機関の息のかかった病院に運ばれたの。なぜなら、雪野君の家は親戚づきあいもほとんど無く、突然消えたとしても、騒ぎそうな人は誰もいないから。彼らとしては都合がよかったの」

剛は声もなく愛海を見返す。

「雪野君の家の近所では、勝手に『雪野家の家族は、あの事故で二人とも亡くなった』なんて噂が流れ、ほぼそれで決まりになってたみたいだけどね」

「ちょ、ちょっと待て。それじゃあ、あの葬式の写真は？」

「ああ、それは――偽装工作の一環として、わざとらしくお葬式をやるという話が出てたの。でも結局、その計画は立ち消えになったのよ。あなた達親子には、特に親戚づきあいが無いことがわかったし、事実、誰も騒がなかったから」

「そうか……俺はまた、本当に葬式があったか、遠見の馬鹿の悪戯かと思った」

「——なんですって？」

ゆったり座っていた愛海が、居住まいを正した。

「遠見って誰？」

これには、剛の方が驚いた。

そう言えば、愛海に事情を説明させられた時、遠見のことはあえて話さなかった気もする——けれど。しかしそれにしても、ヤツを知らないとは。

「遠見を知らない？　愛海はヤツらの仲間じゃないのか」

「……あたしの話、ちゃんと聞いてた？　あたしは、さっきの話に出てきた政府機関の工作員よ」

剛も、そしてイヴも、目を丸くして愛海を見つめた。

「じゃあ、おまえが俺の家で倒した相手は？」

「あれも、同じ機関に属するメンバー……戦闘員っていうか、実行部隊ね。『貴様、一体なんの真似だっ』って言いかけてたでしょ、リーダーが？」

「……するとなにか、おまえは仲間を裏切ったわけか」

「そうよ。これであたしもお尋ね者だわね」

平静な口調で愛海が言う。しかしその硬い表情は、「そこまでして、なんで俺達に味方するんだ」という質問を拒《こば》んでいるように思える。

予想通りというか、愛海は早口でさっさと話を切り替えてしまった。

「それで、遠見って誰？」

剛が、遠見が現れた経緯と外見の特徴などを話してやると、愛海は眉をひそめて耳を傾けていた。ゆっくりと首を振る。

「……得体が知れないヤツね。関係者でもないのに、そこまで知っているなんて。なのに、あたしは全然心当たりがないわ」

「俺もそいつのことはそれ以上知らない。だから、正体については保留するしかないな。とにかく、あいつはその政府機関とやらと敵対しているみたいだぜ」

剛は、今度は自らポイントを突く。

「おまえ、まだ肝心なことを話してないぞ。そういう事故があって俺が連れ去られたとして、一体俺はそこでなにをされた？　それに、どうしてその前後の記憶がない。いや——」

むっつりと続ける。

「記憶がないってのは正確じゃないな。俺にとってはその前後の記憶は矛盾してないんだ。ちゃんと切れ目なく覚えている。これはどういうことだ」

「言い訳に聞こえるけど」

愛海はそう前置きして、

「あたしはただの歯車だから、なにもかも知っているわけじゃないわ。ただ、雪野君の記憶に矛盾がない理由は予測がつく。それはつまり、雪野君もある意味でイヴさんのようにコントロールされていたからよ」

剛は反射的に唾を飲み込み、イヴもさっと顔を上げた。

愛海は二人を見比べ、肩をすくめた。

「勘違いしないでね。雪野君に施されていたのは、イヴさんのような重度のコントロールじゃない。おそらくは、単なる刷り込みレベル。事故前後の記憶を補完することと、それに禁忌を植え付けられていたんでしょうね。『自らの意志で、母親の待つ（はずの）家へ帰ろうとしないこと』というような条件で」

聞いている内に冷や汗が滲《にじ》むような話だが、理屈としてはわかる。剛の記憶の補完はもちろん、勝手に家に帰ったりしないように処置することは必要だろう。そんなことをされたらいっぺんに異状がバレるのだから。

ただもっとも恐ろしい問題は、そのことではない。そこまでしてこの俺になにをしようとしていたか、だ。

剛は迂回することなく、その疑問をぶつけてみた。

「話を聞いてると、どうやら俺はたまたま選ばれたみたいだけど。……そいつらはそんな手間をかけて、俺になにをしたんだ。あるいは、これからするところだったのか？」

「そこが、あたしにも説明できない点なの。残念ながらあたしはただの歯車。受けた命令を実行する末端に過ぎないわ」

「――じゃあ、その受けた命令って？」

と、今度はイヴ。

愛海は平板な口調で答えた。

「いつも雪野君の側にいて、その健康状態を定期的に報告すること。特に、日常生活に支障が出てないかどうかを」

それを聞き、剛は思わず拳を固めた。

愛海の立場にもショックを受けたが……もっと衝撃的なのは、そのセリフの意味するところだ。では、自分が最近悩まされている頭痛には、やはり意味があるのか。

それと、母親（だと思っていた愛海）には、電話で頭痛のことを少し話したような記憶がある。

「なら、俺の頭痛のことも報告を？」

「いいえ。健康だとしか言ってない。最近のゴタゴタについては一切、報告してないから」

愛海は首を振り、あっさりと話を戻した。

「とにかく、雪野君は監視対象ではあるけど、機関のほとんどの者達からすれば、『見知らぬ誰か』に過ぎないのよ。今日、雪野君の家に押し掛けて来た彼らだって、なぜあの家が監視の対象になってるか、根本の理由は知らないわ。あらかじめ仕掛けた警報装置が作動したから、慌てて押し掛けて来ただけなの。雪野君の監視役はあたしだけ。あなたのことは、極秘中の極秘だったみたいね。理由は知らないけれど」

「昨日、イヴと一緒のところを見られたけど、彼らは俺が『監視対象』だとは知らなかった──そういうことか？」

「そういうことでしょうね。敵対する組織の工作員かなにかだと思ったんじゃない？　状況からして、そういうのがイヴさんについてて当然のはずだし」

「じゃあ、俺の秘密について知っているヤツって誰だ」

「……どうやら、機関の責任者とその側近しか知らないみたい。監視任務についているあたしにしてからが、詳しいことは何も知らされてないもの。公式には、あたしは別の任務に就いていることにされてる。ちょっと異常なくらいに秘密扱いだわね」

愛海のセリフに、剛は顔をしかめた。

随分とご大層な話だ。

自分がランダムに選ばれたのはいいとして、そこまでして秘密にしなきゃいけない「なにか」とは、一体なんだろう。

「健康状態について定期報告せよ――か。それが鍵になるかな」

「……多分。だから、雪野君の頭痛については、あたしもとても気になる。信頼出来る医師の元で、精密検査でも受けた方がいいと思う」

「無理言うなよ。そんな心当たりないし、あっても、どのみち今は駄目だ」

しばし、部屋の中に重い空気が満ちた。

三人が三人とも、それぞれの思いを抱えて黙り込む。

やがて、そんな雰囲気を嫌ってか、愛海がまたてきぱきとした口調で言った。

「さて。あたしの立場についてはわかってくれたわね。じゃあ次は」

言いかけ、愛海はじいっと自分の顔を見つめているイヴに気付いた。

「……なにか？」

冷静な声で問われ、イヴは慌てて首を振る。

だが重ねて訊かれ、おずおずと口にした。

「——いえ。あの……あなたは工作員だって言ったけど、その……あなたはまだ……」

「まだ子供じゃないかって？」

ずばり指摘され、イヴはこくりと頷く。

愛海は苦笑し、自分の顔を指差した。

「あたし、幾つに見える？」

「幾つって……そりゃ十六、七だろう。俺と同じで高二だったんだから」

「いいえ、あたしは今年で二十五歳になるわ」

二人とも、啞然として愛海を見つめた。

特に剛はひどく驚いた。

確かに大人っぽいヤツだとは思っていたが、しかし、幾らなんでもそんな年には見えない……見えるもんか！

だが愛海はあくまで冷静に説明した。

「別に整形手術したわけじゃないわよ。今や老化は、ある程度まで防ぐことが可能なの。——AGEって知ってる？」

いきなり問われたが、聞いたこともない。

イヴも初耳らしく、二人揃って首を振った。

「……あたしも詳しいわけじゃないけど。AGEっていうのは、体内のタンパク質と糖が結び付いて出来る物質のこと。老化の原因の一つはこれの蓄積のせいというのが、最近の定説。で、あたしはこのAGEの蓄積を抑える薬品を投与されているのよね。――それプラス」

と愛海は肩をすくめる。

「あたしにもさっぱり効果がわからない、新種の薬品も投与されている。その結果、年齢より遥かに若く見えるの。老化の進行が通常よりかなり遅い、と言えばより正確かしらね。あたしの希望じゃなくて、上からの命令でそうしたんだけど。でも、これについては珍しく後悔してないわ」

「それは……ある意味、若菜が新薬の実験台にされていたってことじゃないのか」

「そういうことになるわねえ。機関の責任者……名前は真堂恒彦っていうんだけど、とにかく、彼の意向でね。彼、不老不死の願望でもあるんじゃない？　女性の立場としては、わからなくもないけど」

皮肉な笑みを見せ、剛に妙に色っぽい流し目をくれる。

なるほど、外見はちょっと大人っぽい女子高生だが、こういう目つきで見られると大人だという気がする。まあ、今そんな話を聞いたせいで、たまたまそう思うのかもだが。

例によってどぎまぎしてしまい、苦労して愛海から目を逸らした。

我ながら、嫌になるほどぎこちなく話を変える。

「しかし、驚いたね。イヴだけじゃなくて、俺にもどでかい秘密があったなんて。全く、そんなこと誰にも予想——」

——出来ないよな、などと言いかけ、はたと口を閉ざす。まるっきり埋もれていた記憶が、今になって鮮明に蘇ったのだ。

すなわち、遠見のことである。

アパートの前で再会した時、あいつはなんと言った？

『私は君に関心を持っていた』

確か、そうほざいてなかったか。

それと『だから、君のことについてはだいたい知っている』とも言ったはず。

あの時、遠見はわざとらしく、剛とイヴの視線を避けていたが。今から思えば、あれは剛へのセリフだったのだ。それは間違えようもないほど明確なことなのに、自分は『平凡なこの俺に、関心持つヤツなんかいない』という先入観から、聞き流してしまった。

後から勝手に、あれはイヴを指してのことだろう、などと記憶をねじ曲げていた。

だが、そうではない。とんだ誤解だった。

おそらく遠見は、最初から剛について詳しい事情を知っていたのだ。

「……どうかしたの、剛さん？」

イヴが小首を傾げて訊いた。

剛は唇を湿らせてから、いま思い出したことを二人に話してやる。

イヴは口元に手をやり、愛海は思いっきり顔をしかめた。

「その遠見とやらも、雪野君の謎を探る鍵の一つかもね……第十三課には敵が多いし、そいつもそんな連中の一人なのかも」

低い声で言う。

「第十三課？」

剛とイヴの声が重なる。

愛海はソファーに深く座り直した。

「あたしの所属する機関の名称。公式には、名前どころか存在すら秘密にされているけど、便宜上、関係者達からは『第十三課』と呼ばれている。……そう言えば雪野君は、そこは秘密結社の類じゃないか、なんて思ってなかった？」

笑みを含んだ声。

剛は照れ隠しのように、

「……まぁな。祐一の熱弁に、ついな。俺にとってはゲームキャラに過ぎなかったイヴが、現実に目の前に現れたんだぜ？　秘密結社くらい想像してもおかしくないだろう」

「第十三課だって秘密結社みたいなものだけど、一応上層部はれっきとした政府関係者だから、政府機関には違いない……はずなの。何もかも秘密なんで、あるいはさらに巨大な存在なのかもしれないけどね」

愛海はそこで一拍置き、

「でも、遠見とかいう男はなにを目的としているのか謎だわね。――それこそ、秘密結社かもしれないわ」

剛は、イヴとそっと視線を交わした。そう、言われてみれば遠見こそ怪しい。

あいつこそ、秘密結社の一員だと言われても違和感なく信じられる。いかにも、そういう胡散臭さの漂う男だからだ。

「そいつのことは後で検討するとして――。とりあえずは、あたしがいた第十三課のことを話すわ。これがまた、名前通りロクなことやってないんだけど」

「……俺のことはともかく、本来はなにをする部署なんだ」

剛にしてみればそれが一番気になるし、知りたいポイントなのである。

愛海は剛からイヴへと視線を移した。

相手がとまどうほどにじっと見つめ、静かに告げる。

「それが、あたしの打ち明け話の第二のポイントになるの。……今度は、イヴさんに関わる話よ」

大きく息を吸い込む音。

剛が横目で見ると、イヴが息を詰めたような顔で愛海を見返していた。

ガチガチに硬くなった剛とイヴに対し、愛海はごくあっさりと語った。

「そこではね、『異邦人』達を捕獲・研究しているの」

「異邦人って……わたしのことですか?」

見るからに緊張した顔のイヴが、張り詰めた声で尋ねる。愛海は淡々と頷いた。

「でも異邦人と言っても、別にいま雪野君が想像したような『異星人』のことじゃないわよ……厳密にはね」

目を向けられ、剛は苦笑した。

反射的にそう思ったからだ。

「それだと、佐和君辺りが喜びそうな話だけど。ところが、事実はもっとややこしいの。――ちょっと話が逸れるけど、雪野君はハーメルンの笛吹男の話を知っている?」

いきなり妙な話を振られた。

剛がとまどったのは当然である。

「まあ……だいたいの内容は。ネズミ退治の笛吹男が、報酬の約束を反故《ほご》にされて腹を立て、大勢の少年少女を連れ去ったって童話だろ」

愛海は軽く頷く。

「そう、童話だとそうなってるわね。でも実は、ネズミ退治の部分は後世の創作なの。いい?笛吹男の物語にはごくごく単純な、しかし恐るべき事実が含まれている。

一二八四年六月二十六日に、百三十名の少年少女が忽然《こつぜん》と姿を消したという、歴史的事実が。単なる童話なんかじゃない、ハーメルン市の記録にも残っているのよ。子供達が消えた理由については諸説あるけれど、真の原因は今なお不明のまま。一体、どんな理由があって、あるいはどんな力に翻弄《ほんろう》されて、この子達は消えてしまったのかしらね」

イヴはともかくとして、剛は呆然として愛海を見返した。

……アレはただの童話じゃなかったのか。

「別に童話に限らず、世界史にだって謎の事件は多いわ。たとえば古代マヤ文明とかね。どうしてあれだけの都市群が放棄されてしまったのか、確かな真実を語ることの出来る人は未だにいない。一年を三百六十五・二四二〇日とする世界最高水準のカレンダーを持ち、しかも精巧な巨大建造物を幾つも残したほどの文明なのに、彼らはある時期を境に、都市群だけを残して消えてしまった。

もちろん、この理由についても諸説あるわ。でも、どんな理由があったにせよ、道具や貴重品を置いたまま去ってしまうなんて、あり得るかしらね」

なにか質問しようと身を乗り出したイヴを、愛海は片手を上げて制した。

「もう少し聞いて。まだまだあるから。さらに昔の話でよければ、こんな話もある。たとえばヘロドトスの『歴史』には、数万を数えるペルシャ軍が、砂漠での行軍途中で消えた話が載っているわ。それだけの人数が、砂に埋もれてそれっきりなんてこと、考えられるかしら。話が古すぎる？　じゃあ、一気に時間を飛びましょう。

一九〇九年四月、貨客船ワラタ号は処女航海を終えて、再び航海に出た。同年七月に二百名を超える乗員乗客とともに南アフリカのダーバンに寄港、最終的にロンドンへ帰港する予定で、次のケープタウンに向けて出港したの。三〇〇トンの石炭を補給して、ね。ところが、当時の最新鋭の装備を持っていたこの船は、途中で出会った他の船に『ワラタ号、ケープタウンへと航行中』の信号を送ったのを最後に、忽然と姿を消した。まるで最初から存在しなかったかのように」

「途中で嵐にでも遭った可能性はないんですか？」

黙って聞いていたイヴが問う。

「当日、嵐に見舞われたかどうか、確かな証拠はないわ。でも仮に、嵐のせいで船が沈んだとしましょう。それなら乗客乗員はおろか、船の残骸《ざんがい》に至るまで、今なお発見されていないのはなぜかしら？　この船には救命艇も救命胴衣も、十分すぎるほど備えられていたのよ。それがなぜ、破片の一つも残さず、生存者の一人も見つからず、綺麗さっぱり消えるの？　仮に嵐に遭って沈没したとしても、救命艇の一隻くらいは海に浮かんでて当然だと思うけど」

もちろん、イヴは何も答えられない。

愛海は特に気にした様子もなく続けた。

「規模が大きすぎてわかりにくかったら、もっと個人の、それも日本で起きた事件に絞りましょうか。いま現在、日本ではどれほどの数の行方不明者がいるか剛君は知っている？　メディアに取り上げられて大騒ぎになった例もあるわ。数ヵ月前にさる大学生が――」

「もういいよ、若菜！」

剛は強い口調で、いつまでも続きそうな話を遮った。イヴが怯え始めていたし、正直、剛もあまり長く聞きたい話ではない。

「消失事件がたくさん起こっているのは、よくわかった。それで、おまえはなにを言いたいんだ」

「……これらの事件には、幾つかの共通点がある。一つは、消えた人々がなんの前触れもなしに、しかも極めて短時間でいなくなってしまったということ。もう一つは、その人達が何処《どこ》へ消えたのか、今に至るも不明のままという点。妙じゃない？　事件によっては、まとまった数の人間が消えているのよ。それが、死体すら残さずに消えるなんて、あり得るかしらね？　核兵器でも使わないと不可能なことが、実際に起こっているのよ」

愛海は自分で淹《い》れたお茶を一口飲み、冷静な口調で話を進めた。

「ともかく、この国でもこういう消失事件は各地で起こっているし、未だに新たな事件も後を絶たない。――そして過去のある時期、政府はついに、こっそりと調査機関を設けた。日本としては珍しく、世界に先駆けてね。あまりにこうした事件が度々起こるので、放っておけなくなったというわけ」

「しょっちゅう起こってるか？　そんなに聞いたことがないような気がするぞ」

剛は眉をひそめて疑念を表明した。

愛海が、人差し指を立てて振った。

「……いい？　ワラタ号のような例なら、それは目立つわよ。でもね、たった一人、あるいは数名の人間が、ひっそりといなくなったら？　その場合、果たして『消失事件だ！』なんて騒ぎになるかしら。そういう時は、少なくとも最初は、単なる行方不明として扱われるんじゃない？」

剛は反論出来なかった。

言われてみれば、そりゃそうだ。普通そういうのは、ただの家出として扱われるだろう。

またちらっとイヴを見る。

彼女は膝の上で指が白くなるほど手を握りしめ、じっと耳を傾けていた。

愛海は説明を再開する。

「とはいえ……一昔前までは、人間消失事件はその都度、騒がれていた。『神隠し』なんて言葉があるくらいだものね。昔の人は、行方不明事件の陰にある神秘性に、なんとなく気付いていたのよ。だから、自分たちの手に負えない消失事件を、神の仕業だと思っていた。でも、今では話題になることが少ない。なぜなら」

いきなりイヴがそのセリフを引き取った。

「なぜなら、そういう事件は意図的に隠蔽《いんぺい》されてしまうから……ですか？」

「……正解よ」

涼しげな目が、ちょっと見開かれる。

「それでも、ニュースになる事件が皆無ってわけじゃないけどね。たまたま、目の前で消えた人を見た目撃者がいた場合とか」

自分の指摘が当たっていたイヴは、複雑な表情で吐息をついた。

「とにかく、そういう隠蔽工作も第十三課の役目の一つ。――なぜ、隠さなきゃいけなくなったかというとね。……ここで、またちょっと話が逸れるけど」

言いつつ、愛海がイヴと剛を見やる。

二人とも熱心に聞いているのは言うまでもない。

「……彼らは、国内の消失事件について調べている過程で、妙な事実に気付いたの。それは一見、肝心の消失事件とはまるで関係なさそうなことだった。――どういうわけか、無視できないほどの頻度で各地に記憶喪失の人が忽然と現れ、保護されている。彼らは一様に『なぜ自分がそこにいたのか』について、何の説明も出来ないし、過去の記憶も持っていない。言葉が通じない場合さえ多々ある」

「ああ……そういうニュースはたまに聞くな。でも、覚えてる範囲じゃ、後で家族が見つかった例もあったと思うが」

愛海は不可解な笑みを浮かべ、剛を見た。

「第十三課を甘く見ない方がいいわよ、剛君。そりゃ事件になれば、ちゃんと解決されるでしょうよ。でも……名乗り出たその家族、果たして本物の家族かしらね」

顔をしかめる剛を横目に、張り詰めた表情のイヴが話を戻す。

自分に関係することなので、黙っていられないらしい。

「その記憶喪失の人達、結局はどこの誰だったんですか？　もしかしたら、各地で消えた人が記憶喪失となって別の場所に現れた――とか？」

「ブッブ〜……外れ！」

にべもなく却下された。

「それじゃあ、そもそも消失事件じゃないわ。結局は見つかってるんだから。あたしが言いたいのはそうじゃない。各地で保護された記憶喪失の人々……その人達の多くは、この世界の人間じゃなかった——そういうことよ。だからこそ、言葉が通じない人が大勢いたわけ。そんな事実、おいそれと公表出来ないでしょ？」

剛はもちろん、イヴの驚きは激しい。

固まったまま、白い顔にじわじわと衝撃が広がっていた。

「その……地球上の人間じゃなくて、本当に異世界の住人だったっていうのか？」

イヴに代わり、剛は声を絞り出した。

「本当よ。十三課では、消失事件との関連性を探るため、試しに保護された一人を選び、強制的に日本語を話せるように処置——」

「待って。処置って？」

イヴが愛海を遮った。

不安そうな眼差しになっている。

「……そういうことが出来るのよ、今は。海馬《かいば》と大脳新皮質——つまり、脳の記憶を司《つかさど》る部分に、情報を刷り込むことが可能なの。で、話を戻すけど、意思の疎通が可能になった被験者を逆行催眠にかけ、元いた場所に関する情報を探りだしてみたわけ。その結果、わかった——」

彼らは、この世界の住人ではなかった。それぞれが別の世界から迷い込んだ、見知らぬ異邦人だったのよ。

衝撃的な事実を述べた後、愛海は一拍置いて、また湯飲みを持ち上げる。対して、剛もイヴも、お茶どころの騒ぎではなかった。

「仮に、催眠下で異世界の話をした例がたった一人だったら、被験者の妄想という線も捨てきれない。でも、それが何人も何十人も、あるいは何百人もが『自分は異世界から来た』と言うのなら、そりゃもう妄想でも偶然ではないわ。データの蓄積は、そのまま事実を物語るんだから。それを認めないのは、単なる愚か者よ」

愛海はまた顔を上げ、

「今や、多次元宇宙の概念はSF世界だけのおとぎ話じゃなくなったの。『謎の来訪者』の存在が、異世界の実在を証明している。記憶喪失のまま保護された人間＝異世界の人間……そこまで判明すれば、後の結論は早かったわ。もしも……もしもよ、この世界とは違う次元に属する世界が、無数に存在すると仮定するなら――そして、そこからこちらに迷い込む人達がいたとしたなら。それなら、こちらの世界で消えた人がどうなったのかもわかる」

「――彼らは、他の世界に飛ばされてしまった。そう言いたいのか？」

「……断言は出来ないけどね」

条件付きながら、愛海は頷いた。

「確信はないけど、他に理由が考えられない。数千人の人間が跡形もなく消えるなんて、他の状況ではあり得ないでしょう」

「じゃあわたしは……」

意外にしっかりした声で、イヴが確認する。

「元々、別の世界の人間なんですね」

「……その通り。長期にわたるデータ収集のお陰で、異邦人がこちらに迷い込む際、幾つかの予兆があることが判明したの。それに従って網を張り、第十三課の実行部隊がイヴさんを捕らえた」

「なんのために？」

イヴが声を鋭くしたのは当然だろう。

愛海は苦笑して天井を見上げた。視線を戻した時にも、まだ苦い笑みが残っていた。

「……政治家達の一部は、こう考えたのよ。今は、異邦人の来訪もこちらの人間が消失――向こうに行ってしまうのも、防ぐことは出来ない。そもそも、原因も摑めてないんだから。でも、将来的には、自由に行き来することが可能になるかもしれない。そのための研究もしているからね。で、老人達は思った。『その時のために、優秀な工作員を用意しておこう』と。自分達の意のままに動き、向こうの世界に紛れ込んでも違和感のない、そんな工作員を。……元々そこの住人だったのなら、条件はぴったりでしょう？」

剛もイヴも、しばらく絶句したまま、なにも言えなかった。

そんな馬鹿げたことを本気で考えていたのか？　剛は、思いきってはっきりと訊いてみた。

「まさか……侵略する気でいたのか」

「さぁ。そこまではどうかしらね。本気だったとしても、あたしは驚かないけど。だけどね、雪野君。政府の考えることなんてどこも同じだわよ。――もしかしたら、我が国以外にも第十三課のような機関が存在するかもしれない。あるいは、これから作られるかも。ならば来《きた》るべき日に備えて、自分達が有利に動けるようにしなくては」

剛の目つきを見て、愛海が念押しした。

「言っておくけど、今のはあたしの考えじゃないわよ。あくまでも、第十三課を設立したこの国の老いた政治家達の考え。――でも、どちらにしても『異邦人』を研究対象としか見てないの、政府は。世間に公表し、きちんと受け入れ態勢を整えるべきだけど、そんなこと考慮すらしていないわ。彼らにすれば、『どうせ相手は人間じゃない』ということになるのよ」

――また沈黙が落ちた。

今度のは先程とは比べ物にならないほど重く、長かった。

愛海は長い話を終えて黙り込んでいるし、イヴはただひたすら呆然としている。……無理もないが。じんわりと時間が流れてから、剛はやっと口を開いた。

我ながら疲れきった声が出た。

「まだ頭が混乱しているけど。……問題は、これからどうするかってことだよな。有り難いことに、俺達の敵は国家なんだろ。どういう手があるかな、これから？」

なんとなく期待を込めて愛海を見る。

なにしろこのメンバーの中では、彼女は誰よりも事情に明るいし、判断力も抜きん出ているのだ。しかし……その愛海は、掌《てのひら》を上に向け、嘆息した。

「どうしたらいいのか……あたしにもわからないわ」


第十三課でもっとも重要な部署といえる、「研究室」のチーフを務める坂崎は、真堂恒彦の前でじんわりと汗をかいていた。進行状況について彼に説明しているところなのだが、じいっと見据える爬虫類のような目に、いたく恐怖心を覚えたのだ。

この施設の責任者である真堂は、しばしば今日のように不意打ちを食らわせることがある。いきなり連絡もなしに訪ねてきて、微に入り細を穿《うが》ち、坂崎に質問をする。

彼らはそれぞれどんな世界から来たのか……そして、そこではどのような生活をしていたのか？　地球人には無い力があるのか？　そのように、被験者の全てのデータ、全ての事情をきっちり把握するまで、真堂は質問の手を緩めないのだ。

特にレインとイヴへの関心は極めて高かった。

そう、彼はよほどこの実験体達が気に入ったのか、ちょくちょく彼ら（イヴは逃げてしまったが）を見に来るのである。そして、運動能力や特殊能力、あるいは二人が元いた世界についての説明を、飽くことなく坂崎に求めた。

今日もそのクチだった。

ノックもせずふらっと入ってくると、真堂はいきなりこう言った。

「レインに施したコントロールは、完璧《かんぺき》だろうね」

坂崎はごくっと唾を飲み込み、

「はい。慎重にテストを重ねたので、おそらくは。この前の出撃でも、こちらの指示通りに動いています」

「……レインの前に捕らえていたイヴは、彼より長い時間をかけた割に、そう上手くいかなかった気がするな」

少年と言っていい容貌の真堂は、皮肉な口調で返した。坂崎はうっと詰まる。どう言い訳しても、イヴが逃げたのは自分達の責任なのだ……いや、よりはっきり言えば坂崎だけの責任なのだが。なぜなら――。

「まあいい。最終的にGOサインを出したのは黒木であり、僕だからね。君の失敗だとは思わないことにしとこう」

「あ、ありがとうございます」

「だが……」

真堂は、ボックスの中に座ったままのレインを見やり、

「研究が始まってからもうだいぶ経つ。そろそろ完璧な仕上げを期待するよ。いつまでも、未完成品ばかりでは困るんだ。上層部は、成果の上がらないものに金など出してくれないんだから」

「は、はっ」

エアコンの利いた室内で、坂崎はだらだらと汗をかいていた。いつ非難の矛先が自分に向かうかと、気が気ではなかったのだ。それに、非難されても仕方ない後ろめたさも、坂崎はしこたま持ち合わせていたのである。

だが、とりあえず今回も幸運は継続中のようだった。真堂はそれ以上はなにも言わず、部屋を出て行こうとした。

しかし、坂崎がほっとしたその時、彼は急に足を止めた。

「そうそう。……実は、裏切り者が出たんだ。イヴも捕まえねばならないが、その裏切り者の始末に、レインを投入しようと思う。追って指示するので、よろしく頼む」

柔らかい声で言われ、坂崎は思わず声を上げそうになった。真堂が、知っていてわざとそういう言い方をしたのかと思ったのだ。

危なく自制心が働き、返事だけはした。

「わ、わかりました」

声に混じる微かな怯えに、部屋を出かけた真堂はまた振り返る。坂崎は、棒を呑んだように突っ立ったままである。

自分の表情が劇的に変化しており、ついに気付かれたかと気が気ではなかった。

真堂は……ドアを開けかけたまま、しばらく執拗に坂崎を観察していた。身体が震えそうになり、それを抑えるだけで気力を消耗する。

永遠にも等しい時間が流れた後、真堂はやっとゆっくりと頷く。

「君は黒木と同じく、僕が素顔を見せて接する、数少ない側近の一人だ。いわば、一蓮托生の関係だからね。これからも、その信頼に応《こた》えてくれたまえ」

「は、ははっ」

どういう意味で、今そんなことを言うのか。

真堂は片頬を皮肉な笑みに歪め、

「もっとも、その裏切り者だって僕直属の側近なんだけどねえ。——とにかく、引き続きよろしく頼む」

やっと部屋を出て行ってくれた。

遠ざかっていく足音を聞き、坂崎はようやくがっくりと椅子に倒れ込んだ。レイノを除き、部屋に誰もいなかったのが幸いである。見られたザマではない。それにしても、最後の一言は妙に意味深だったではないか。

「もう限界だ……早く撤収することを考えないと」

弱音を吐き、坂崎はのろのろとパソコンのスイッチを入れようとする。

背後から声がした。

「危ない立場に身を置いているな」

度肝を抜かれるとはこのことだろう。

頭がくらっとなった。急に声を掛けられたということもあるが……なによりも驚いたのは、その声に聞き覚えがあったという一事である。坂崎は油の切れたロボットのような動作で、そっと部屋の隅に目をやった。

レインがいたボックスには、もはや誰もいなかった。

その事実を裏付けるように、背後から彼が姿を見せる。

斜め前の机に軽くもたれ、腕を組む。

彫像と化している坂崎に、淡々と話しかけてきた。

「今まで観察していてわかったが――。なるほど、間諜としてはおまえは効果的な位置にいる。……背後にいるのは誰だ?」

間諜とはまた、古くさい言い方をする。

惚《ほう》けた頭で、坂崎はとっさにそんなことを思った。まあ、彼の故郷たる異世界から見れば、そういう言い回しの方がしっくりくるのだろうが。

ともあれ、レインは返事を待つように一拍置いた。澄んだ黒い瞳が、静かにこちらを見下ろしている。坂崎は、もはや身の震えを止めようともせずに尋ねた。

「き、君は……待機状態にあるはずなのに、なぜ話せるんだ……」

少年――レインは軽く首を振った。

「簡単なことだ。これまではおまえ達が望んだように振る舞っていた――ただそれだけのこと」

「コントロールされた振りをしていただって？　馬鹿な！　投与された薬品の中には、フェンタニルを初めとする麻薬もあったんだ。正常な思考を保てるもんか！」

「そういうつまらん確信を持つから、あっさりと騙《だま》される。人の心をコントロール出来た、などと傲慢《ごうまん》な幻想を持つ」

「答えになってないぞ！」

指を突き付けたが、レインはびくともしなかった。

「あいにくだが俺は、おまえ達の言う『科学』に対抗する術を知っているんだ。――術については訊くな。どうせおまえは信じない。この世界には存在しない『力』らしいからな」

その言葉の内容に、坂崎は驚く。

レインは、元いた世界に関する記憶を失っていないのだ。これは初めての事例ではないだろうか。それに、この落ち着きぶり。

彼は捕獲時点でまだ十五歳やそこらの年齢だったはずだが、その悠然とした態度は、子供っぽさとは無縁だった。

審問の結果、彼がいた世界は文明ランクで言えば、火薬発明以前の「Fレベル」たとわかり、坂崎はその点を密かに馬鹿にしていたものだった。だがなんのことはない、自分こそコケにされていたらしい。

レインは、内に秘めた「力」を感じさせる視線で坂崎を見ている。坂崎は彼の戦闘力を思い出し、ぞっとした。弾かれたように動く。机の引き出しを開け、拳銃を取り出してレインに向けた。

あいにく、この少年は眉毛一本、動かさなかった。

落ち着いた物腰で坂崎を見つめたままであり、銃口などには、水鉄砲を向けられたほどにも関心を払わなかった。

「無駄だ。そんなもの、俺には効かない。それはもう知っているはずだが」

「この距離なら、いくらなんでも当たる！」

「なら撃ってみろ。困るのはおまえだ。俺じゃない」

レインは微動だにしない。

……言い返せなかった。確かに、銃声でどやどやと人が駆け付ければ、自分こそ困った立場になるだろう。

坂崎はがっくりと肩を落とし、銃を机に戻した。髪をかきむしる。

「……なにが望みだ」

「俺は、元いた世界へ戻りたい」

ゆっくりと言う。

「とんだ経験だったが、この世界特有の格闘技などを覚えさせられたから、連れて来られたのは無駄じゃなかった。しかし、もう吸収することもなさそうだ。得るものが無い以上、留まる意味がない」

「驚いたね……従っているフリをしてたのは、強くなるためだと言いたそうだ」

怯えていたにもかかわらず、坂崎は笑ってしまった。

「俺は戦士だ」

どこまでも真面目にレインが言う。

「戦って戦って戦い抜くことのみが、俺の生きる道なんだ」

「……君の世界じゃ、戦士はみんなそんな考え方をするのかな」

レインが初めて表情を動かした。

視線をやや落とし、微かに首を振る。いいや、とポツリと一言返した。

なにか、痛いところを衝かれたような顔つきである。坂崎は慌てて話を変えた。

「まあいい。とにかく、もうここにはいたくない――そういうことだな」

レインは顔を上げ、坂崎をじいっと見つめた。透き通った湖のように綺麗な瞳だったが、その奥に強固な意志がうかがえた。……それと、なにか得体の知れない哀しみも。

「この世界には戦士がいない。俺のいるべき場所じゃない」

その言いように、坂崎は自分が全世界を代表して、厳しい宣告を受けたような気がした。

釈明する必要を感じ、

「戦士ならこの世界にもいるよ。君も見たはずだ。前に軍の兵士が」

「あれは戦士じゃない」

遮られてしまった。

「単なる飼い犬だ。武器の力を借りなければ、なにも出来はしない」

「……厳しいね。だけど、その『武器』こそが、この世界では重要なんだ。君は知らないだろうが、ここには世界を幾つも滅ぼせるだけの強力な武器、いや兵器があるんだよ。たとえば核とか」

「そんなものに頼ろうとするのは、本質的には、おまえ達が弱いからだ」

重々しい口調の宣告。

「弱いからこそ、愚かにも強力すぎて使えないような武器を生み出す」

坂崎は不覚にも、その静かな迫力にたじたじとなってしまった。

思わず目を逸らしてしまう。

「まさか、さっきの言い草は本気だったのか。強くなるためだけに、我々を欺《あざむ》いてここに留まっていた？」

「理由は他にもある」

レインは相変わらず、笑いもしない。

「元の世界に戻る術があるとしたら、それはおまえ達の本拠、つまり、この施設にある可能性が高いからだ。こちらに来ておまえ達に遭遇した瞬間、俺にはそれが予想出来た。だから大人しく来てやったんだ」

「そりゃ驚いたな」

坂崎はゆっくりと首を振る。

「最初の捕獲時点で、既に我々を騙してたのか。しかし、確かに君の判断は正しい……けれど」

レインはすぐに後を引き取った。

「だが、あいにくおまえ達はまだその術――技術を完成させていない、そういうことか？」

「そ、そうだ。一応の目処《めど》は立ってはいる。……しかし、実現にはまだ五年以上はかかる」

「なるほど、おまえ達は『もうすぐ』としか話してなかったが、まだ先の話だな。ならば、やはり俺はここを出て行くしかない。そこで最初の質問だ。おまえの背後にいる組織とは、どの程度のものだ？　俺のいた世界へ行く方法を持っているのか？」

坂崎は、落ち着かない思いで戸口の方をちらちらと見た。

今の時間帯、誰もここへは来ないはずだが……しかし、絶対に来ないという保証はない。もしこんなところを見られたら――

レインはまるでそんな坂崎の心を読んだように、首を振ってみせた。

「安心しろ。誰かがここへ近付けば、俺には気配でそれとわかる。それに、おまえは遅かれ早かれ、ここの機密情報を持って逃げる気でいたはずだ」

坂崎は苦笑した。

全く、この少年は強いだけではなく、見かけ以上に鋭いらしい。

彼は待機状態にある――そう信じていた坂崎は、レインの前で知らぬ間に色々とボロを出していたのだろうが、それにしてもだ。

「そこまで知っていたなら、話は早い。実は僕――いや、僕らは君達を」

勢い込んで身を乗り出した坂崎を、レインは片手を上げて遮った。

「待て。おまえはまだ俺の質問に答えていない。どうなんだ、俺を元の世界へ戻せるのか」

坂崎はズレた眼鏡を押し上げ、困った顔を作った。

「あ、いや。残念ながらそんな技術は、僕らにもない……」

「そうか」

レインの返事は、いっそ小気味よいほどだった。

「ならば仕方ない。そちらの方は自分でなんとかする。おまえはおまえで、好きにするがいい」

尻を乗せていた机から身を離し、そのまま歩き出そうとする。

坂崎は大いに慌てた。

「待ってくれ！　いかに君でも、この施設から脱出するのは無理だっ。頼むから僕に従って——」

レインが急に足を止めたので、坂崎の声は宙に消えた。

彼の目つきがより鋭くなったのを見て、自分も声を低める。

「どうした。誰か来たのか？」

返事は聞くまでもなかった。

次の瞬間、坂崎は絶望した。

研究室正面——ホワイトボードの上に設置された全館連絡用のスピーカーから、真堂の声が響いたのだ。

『なるほど、裏切り者は一人ではなかったらしい。……話は聞かせてもらった。ぜひとも別室で、もっと詳しい話を聞かせてもらいたいね』

セリフが途切れた刹那、施設内に警報が鳴り響いた。

「なんてことだっ。いつの間に、この部屋に盗聴器なんか仕掛けたっ。以前調べた時には、そんなものはなかったのに！」

「おまえの挙動を不審に思ったからだろう。おまえは、感情を外に出しすぎる」

この非常時にクソ落ち着きに落ち着いたままで、レインは冷静に指摘する。

そのままの口調で言った。

「それより、俺の剣はどこだ」

「レーザーソードなら、装備室の」

「それじゃない」

レインは顔をしかめて首を振った。

「あんなのはただのおもちゃだ、くだらん。そうじゃなくて、俺が最初から持ってたヤツだ」

「あ、あの骨董品かい？　あれならここにあるけど。しかし、あんな年代物じゃ……」

坂崎は止めようとしたが、レインの顔つきを見て諦め、代わりにヤケクソのように机をぶっ叩く。

「わかったよ！　出すさ、出してやるさっ。どうせもう、ジタバタしたって結果は見えてるんだ」

半泣きで部屋の隅へ走り、ロッカーの鍵を開ける。中世の騎士が使いそうな長剣を取り出してベルトごとレインへ投げてやり、自分は隠しておいた自動拳銃とイングラム・サブマシンガンを摑んだ。

「くそ、僕はただの研究者なのに！　無駄な抵抗だってわかってるんだが……しかし、捕まったら死ぬよりもひどいことになりそうだしなあ」

オロオロしつつ、思いつく限りの愚痴を並べる。

しまいには、部屋中に響き渡る警報にいらいらして喚いた。

「うるさいなっ。スパイならここにいるさ！　場所はわかってるんだから、警報なんか切れよ！」

まさかその言葉に従ったわけでもあるまいが、いきなりぴたっと警報が止んだ。突如として訪れた夜の墓場のごとき静寂に、坂崎の怒鳴り声は尻すぼみに消えた。

知らず知らずのうちに息を呑む。

しかし静まり返ったのは束の間のことで、今度はおびただしい数の足音が聞こえた。

この研究室に接近してくる。

「戦闘班《コマンド》の連中だ。来るぞっ」

「問題ない。全員倒すだけのことだ」

既定の事実を語るように、あっさりと宣言するレイン。

そんなことは不可能だと知っている坂崎でさえ、うっかりそのセリフを信じかけた。どうもこの少年には、人をその気にさせてしまうようなところがある。余人にはない、不思議な魅力なのかもしれない。

――しかし坂崎が本当に度肝を抜かれたのは、その直後である。

レインが鞘《さや》を払って長剣を抜いたのを見て、まさに啞然とした。レーザーソードでもない普通の剣なのに、刀身が露《あら》わになった途端、その部分が真っ青に輝き始めたのだ。

ブゥゥゥゥンというハウリングにも似た音とともに、青い輝きが剣腹をくまなく覆っていく。

「ど、どうしたんだ、それは！　最初に調べた時は、間違いなくただの古くさい剣だったぞ」

「古くさい剣で悪かったな」

じろっとレインの黒瞳が坂崎を睨んだ。

「この剣は自ら主を選ぶ。おまえ達では剣の能力を引き出せなかっただけだ」

素っ気ない返事に、坂崎は絶句した。

「そんな馬鹿な……ヒロイックファンタジーに出てくる魔法剣じゃあるまいし。どういう原理でそんなことが可能なんだっ」

「原理だと？」

今度は、おそろしく馬鹿にした目で見られた。

「いかにも『科学』とやらの信奉者が言いそうなセリフだ。おまえには理解出来ない『力』だと言ったはずだぞ。いいから下がってろ、怪我するぞ」

言うなり、レインは長剣でなにも無い空間を横薙《よこな》ぎにした。悪夢のように青い閃光が、宙に一瞬の光の筋を作る。

次の瞬間、研究室の一方の壁にあっさりと亀裂が走り、轟音とともに崩れた。

「おいっ！　ど、どうなってるんだ。斬りつけたならともかく、攻撃が当たってもいないのに——待てよ！」

坂崎をてんから無視して悠然と瓦礫《がれき》をまたぐレインを、慌てて追う。こうなると、彼の卓越した戦闘力をアテにする他はない。

研究室から出る。

廊下はいつもの薄暗い白色灯の代わりに、警戒レベルであることを示す警告灯が、リノリウムの床を薄赤い光で満たしている。

そこへ、角を曲がって完全装備のコマンド達がざざっと現れた。日頃の訓練がうかがえる動きで、すかさず前列は膝立ち、後列は立ったままで射撃姿勢を取る。

かつて、ペルーの日本大使館人質事件でテロリスト達の鎮圧に威力を発揮した、P90サブマシンガンの威圧的な銃口が一斉にこちらを狙う。

坂崎は反射的に、いつも白衣の内ポケットに入れたままにしてあるディスクに手をやった。無駄なのはわかっているが、そうせずにはいられなかったのだ。

対してレインは、居並ぶ銃口を前に冷ややかに唇を歪めただけである。貪欲《どんよく》なまでに知識を吸収していた少年である。もうアレの威力くらいは知っているだろうに、そよ風が吹いたほどにも動じなかった。

「……またその武器か。この世界の兵士とやらは飛び道具しか知らんらしいな、情けない」

もはや坂崎は、反論する余裕すらない。

自分がパニックに陥りかけているのが自覚できた。恐怖のあまり、みっともなくも涙がダダ洩れになり、頬を濡らす。

顔見知りのコマンドの一人が、冷酷な声で指示を出した。

「殺してもやむなしとの命令だ。全員撃てっ」

「ひっ」

泣きながら、思わず目を瞑《つむ》った
手にしたイングラムで反撃すべきだったが、そんなことは思いつきもしなかった。

レインが低い声でなにか呟いている。この世界のどこのものでもない言語で、強いて言えば不思議な旋律の歌に聞こえる。あるいは、なにかの呪文《じゅもん》に。

しかし、たちまち凶悪なマシンガンの銃声がして、レインの声は聞こえなくなった。

「ああっ」

びくっと身をすくませ、全身を襲うであろう激痛に備えた。

しかし——自分をボロ屑《くず》のような死体に変えるはずの銃撃は、一向に届かなかった。

とはいえ、銃声だけは未だに切れ目なく続いている。不審に思った坂崎は、そっと薄目を開けてみた。目にしたものを見て驚いた。

レインの眼前に薄く光る透明な障壁が生じていて、銃撃は全てそこで弾かれているのだ。コマンド達は青ざめた顔でP90を連射しているが、銃弾はそのシールドらしきものを突破出来ずにいる。

レインが坂崎を振り向いた。

静かな表情で、「待っていろ」と一言。

――そして、いきなりダッシュ！

坂崎の耳に、風を切り裂く音がした。髪をなびかせ、前傾姿勢を保ちつつ、レインが疾走する。

十数メートルはあった敵との距離が、見る見るウチに詰まっていく。

シールドもまた彼に連動して動き、相変わらず銃撃を無効化していた。

「こいつは、一体どうなっている！」

指揮官の焦りの声。

半秒後、弾倉が空になってしまって攻撃自体が止んでしまった。と、タイミングを合わせたようにレインの眼前にあったシールドも消滅する。

だが、風のように疾走する黒影は止まらない。敵の直前で激しい叱声を叩き付けた。

「問答無用で殺す気だというなら、俺も容赦はしないっ」

その気迫とプレッシャーに気後れしたのか、コマンド達の顔にプロにあるまじき怯えが走る。

そこへ、青く輝く剣を振りかざしてレインが突っ込んだ。

長剣を真横に一閃させ、一気に三人を血煙の中に沈め、身体を回転させるようにして、返す刀でさらに二人を倒した。大振りの斬撃にもかかわらず、その信じ難いほどのスピード故に、誰も避けられない。

坂崎にしてからが、長剣が生み出す光の残像で、やっとレインがなにをしたか理解できたくらいである。動きが早すぎるのだ。

無論、至近で剣を振るわれたコマンド達は、なにが起こったかもわからなかっただろう。ほぼ一瞬で五人を失った後、最後尾にいた数人がやっと我に返った。

役立たずの銃を投げ捨ててコンバットナイフを抜き、レインに飛びかかる。

あいにく、無駄な抵抗だった。

突き出されたナイフを、レインは高々と跳躍することでかわす。空中でくるっと身体をひねり、なんと天井を蹴って犠牲者の頭上から再度襲いかかった。

レインが舞う。黒影が悪夢のごとき残像を伴い、激しい動きを見せる。

ほんの刹那、またもや幾筋かの青い光の筋が乱舞する。その軌跡が消える頃には、声もなくまた数人が廊下に倒れ伏していた。

死体の後を追うように、幾ばくかの鮮血が遅れて廊下に滴った。

レインがゆっくりと頭を巡らせる。

一人だけ離れた場所にいて偶然助かった指揮官が、ナイフを手に呆然とレインを見つめていた。

レインが彼に向き直ると、表情が恐怖に歪んだ。

なにやら意味を成さないセリフを喚きつつ、足を踏み出し、ナイフを低い位置から斜め上へと一閃させる。しかし、目標であるレインはもうそこにはいない。

剣を持ったまま、バック転の要領で背後に身を投げていた。体操競技のゴールドメダリストも顔負けの、完璧なフォームで身体を回転させる途中、ブーツを履いた長い足が指揮官の顎を正確に捉える。

のけぞるようにして吹っ飛んだ男は堅い廊下に後頭部から落ち、そのまま昏倒した。

そしてレインは、器用にも片手を廊下について一回転すると、音もなく直立姿勢に戻る。

元の落ち着いた表情のまま振り向いた。

「……なにをぼけっとしている？　さっさと来て案内役を務めてくれ」

「あ、ああっ」

坂崎は慌てて靴音高くレインの元へ走った。

足下に倒れている戦闘員達を見て、感嘆の呻きを洩らす。

「……大したものだ。全員、一撃で急所をやられている」

「あの真堂とかいう男の居場所は？」

坂崎の賞賛を聞き流し、レインは真っ先に訊いた。

「所長の居場所だって？　今から逃げるんじゃないのか」

「最終的には逃げるが、その前に可能なら頭を潰しておきたい。命令系統を寸断しておけば、時間稼ぎの役にも立つ」

「なるほど……確かに君は戦士だな」

坂崎はまた感心した。

自分は逃げることしか考えていないが、この少年はこの期に及んでなお、反撃することを考えているらしい。

「あっと、所長だな。しかし、居場所は僕も知らない。さっきの研究室のすぐ前に所長専用の個人エレベーターがあって、いつもそこから急に現れるのさ。ここは地下施設で五階分の深さがあるが、そのどこに彼の私室があるのか、だから全然わからないんだ」

「そうか……。おそらく私室とやらはこの階にあるんだろうが」

「え？　しかし、エレベーターで現れるんだぞ。この階にはないだろう」

レインはうるさそうに手を振った。

「そんなのはいくらでもごまかしが利く。ここが施設の最深部なら、この階のどこかにいるはずだ……しかし、探している暇はないようだな」

レインはだらっとぶら下げていた光り輝く剣を、再度持ち上げた。

廊下の向こうを睨《ね》め付けている。

「ま、また新手かっ」

坂崎の声が震えた。

「そうらしい。どうやら今は真堂を諦めるしかないようだ。ついて来い、敵と戦いつつ脱出する」

「わかった！」

早速走り出したレインを、坂崎は必死で追いかけた。

やや早い夕食の後、イヴは早々と寝室代わりに借りた部屋へ引っ込んでしまった。落ち着いているように見えたが、やはり愛海の話にはショックを受けたのだろう。

彼女が落ち込むのはむしろ当然で、愛海の話した事情が真実なら、イヴはこの世界に置き去りになっているも同然なのである。

なにしろ後で確認したところ、今の時点で異世界へ自由に行き来する方法は皆無だそうだからだ。

第十三課は偶発的にこちらに来る「異邦人」達を捕獲・研究するのがメインの任務で、それ以外のことはまだまだこれからの課題らしい。

今後、一体イヴが帰れる日が来るのかどうか、見当もつかなかった。

――しかし、剛とてもはや他人事ではない。今や剛も、立場はイヴと似たようなものなのだ。

帰る場所もなければ、迎えてくれる人もいない。

だからというわけでもないが、剛もまた、イヴを見習ってあてがわれた部屋へ閉じこもってしまった。今は毛布を敷いた長椅子に横になり、ぼんやりと窓の外の夜空を見上げている。

敵が個人などではなく、国家そのものだと思うと、これからどうすべきなのかさっぱりわからない。全く、相手が巨大すぎて却《かえ》って笑える。

深刻さもここに極まれりで、むしろ滑稽《こっけい》でさえあった。

「雪野君、いる？」

そっとノックする音。

剛が返事に応じ、ドアを開けて愛海が滑り込んで来た。いつもに似合わず、こちらをうかがうような表情で尋ねる。

「隣……いいかしら？」

「いいさ……座れよ」

剛も起きあがって座り直す。

「――うん」

剛のすぐ隣に腰を下ろし、自分の膝元など見つめている。これまで、親しいようでいてさりげなく距離を置いて接してきた愛海にしては、珍しいことである。

しばらく待ってみたがなかなか話そうとしないので、剛の方から水を向けた。

「なにか話があるんじゃないのか」

「話っていうか……あたしのこと、怒ってるわよね」

首を振った途端、「嘘でしょ」とすかさず言われた。

剛は久方ぶりに笑い、

「もしおまえが『監視者』の立場を守ったままだったら、そりゃ怒ったさ。だけどおまえ、俺達を助けてくれたじゃないか。しかも、自分の身を危険に晒《さら》してまで。これじゃ、文句も言えない……むしろ礼を言わないとな」

「じゃあ、許してくれるのね」

「許すも許さないも――」

言いかけ、剛は愛海の表情を見て肩をすぼめた。

「わかったよ。気にしてるみたいだから、ちゃんと言う。監視してたことは全部水に流すよ。俺は全然気にしてない。さっきも言った通り、むしろ感謝してる……ありがとう」

照れくさかったが、心からの感謝を込めて低頭した。

無論、本気である。なんといっても、愛海が剛達の側についてくれなければ、今頃はどうなっていたかわかったものではない。

「よかった……」

驚いたことに、愛海は胸に片手を当て、大きくため息をついた。演技ではない証拠に、一瞬にせよ肩が震えた。

剛が目を瞬くと、言い訳のように告白する。

「気になっていたのよ……柄にもなく」

そのまま、すとんと力を抜き、剛の肩にもたれてきた。

「お、おい」

「ケチくさいこと言わないで。減るものじゃないでしょ」

そりゃそうかもしれないが、気分的に落ち着かない。愛海は見栄《みば》えのいい少女（ともかく外見は）だし、密着しているとほのかな体温を感じたりするので。

黙っているとどんどん緊張するので、無理にも話しかけた。

「疑問なんだが。おまえの説明はだいたいわかったけど、それだけじゃ説明出来ないことも一杯あるよな。俺の頭痛のこととか。それからイヴの——」

途中で剛は、自らセリフを切った。

大事なことを思い出したのだ。

「そうだ、イヴのことだ。あの子、コントロールされている時、俺を見てちゃんと反応したんだぜ？　俺が誰かわかっていたような素振りだった。そういう下地があったからこそ、俺は最初、彼女と自分の創造したキャラを重ね合わせていたんだ。これも謎だよな」

愛海は微かに身動きした。

表情も変化していないし、なにか怪しい素振りがあったわけでもない。だが剛にはなんとなくわかってしまった。

愛海の横顔をじっと見据え、囁きかける。

「おまえさ、まだなにか隠しているだろ？」

図星だったらしい。

愛海は美しくセットされた前髪をかきあげ、息を吐いた。

「隠していたわけじゃないわ。多分、雪野君はいい気持ちがしないだろうし、あたしも、このことにどんな意味があるのかわからないのよ。だから黙ってたの」

「――？　どういうことだよ」

「だから、あたしにもよくわからない。ただ、あたしを若返りの実験台に使ったことでわかる通り、真堂には不死願望がある。それは確実よ。多分、そのことがなにか関係しているのかも」

　余計にわからないではないか。

　それに、愛海の説明は恐ろしく回りくどく、腫《は》れ物にさわるような言い方なのだ。これでは理解出来るはずがない。

　剛は少々いらつき、促した。

「遠回しに言わないで、ずばっと言ってくれ。なにを知ってるんだ、愛海」

「仕方ないわね……なら言うけど、あまり気にしすぎないようにね。実は――」

　ところが邪魔をするように、電話が鳴った。

　集中していたこともあり、さらにはしんと静まりかえった室内のこと。お陰でそのけたたましい音に、二人とも飛び上がりかけた。切れ目なくいつまでも鳴り響く部屋の隅の電話を見やり、剛はそろそろと愛海の横顔に視線を戻す。

「……電話が鳴ってるぞ？」

　愛海が眉をひそめた。

「変ね……ここの番号は電話帳に載せてないし、誰にも教えてないんだけど」

「イタ電じゃないのか。『ねえちゃん、今どんなパンツはいてんの……ハアハア』とか」

　自らも落ち着くため、無理に寒いギャグなど言ってみる。

愛海は吹き出しかけ、寸前のところで表情を引き締めた。剛に軽い肘鉄《ひじてつ》を食らわせてから身軽に立ち上がった。

「ハイレグの黒よ。見たい？」

わざとらしくウインクなどする。震えるような魅力があって、からかった剛の方がどぎまぎした。相手の方が一枚上手である。

「ば、馬鹿なこと言ってないで、電話取れよ！」

愛海は笑いながら電話を取った。

ところがしばらく黙って受話器を耳に当ててるうちに、その笑顔が綺麗さっぱり消えてしまう。一度だけ、「なぜここがわかったの？」と尋ね、以後は不機嫌な顔で相手の話に耳を傾けている。最後に一言、「雪野君と相談して決めるわ」と告げ、電話を切ってしまった。

「どうした。誰なんだ、相手は？」

「……雪野君の知ってる人よ。なんと、話題の遠見氏。あたし達と話がしたいって」

剛はうんざりして天井を仰いだ。

おいおい、またあいつか。消えてくれてほっとしてたのに！

「どうやってここを見つけたって？」

「……前にあたしを尾《つ》けたことがあるからって言ってたけど。でも、そんなはずないわ。これでもあたしはプロだもの。尾行なんか簡単に許すもんですか」

「わかるよ。妙だよな」

頷きつつも、剛はなんとなく『あいつならそういうこともあるかもな』とか思ってしまった。なにしろ、とことん神出鬼没な男なのだ。

「それで――」

考え込んでいる間に、愛海が剛を見下ろしていた。

「遠見氏は時間と会見場所も指定してきたけど……どうする？」

愛海が遠見の携帯の番号を教えてもらっていたそうなので、後から彼に連絡し直し、時間と会う場所を変更した。

というのも、愛海が「罠にはまりたくないなら、せめてこちらが条件を出した方がいい」とアドバイスしたし、剛もイヴももっともだと思ったからだ。

よって、場所は見通しの利く小高い丘の上にある、公営の野球場の真ん中とした。そして今、三人は三塁側ベンチのさらに後ろにある野外トイレの陰に隠れ、遠見を待ち構えている。指定した深夜一時にはまだだいぶ間があるが、これまた愛海の提案でわざと早めに来たのだ。

イヴはＭＣ５１を持ち、剛は例によってデザートイーグル。そして愛海は、嘘くさいほどコンパクトなサブマシンガンである、マイクロウージーを手にしていた。それぞれの武器からして、総合的な火力だけならちょっとしたものかもしれない。

「――そうだ」

この蒸し暑いのに身を寄せ合って待ちかまえる間、剛はふと思い出した。

「祐一に電話しておいてくれたか、若菜」

「したけれど……雪野君が自分ですれば良かったんじゃない？　佐和君、心配してたわよ」

「電話したら、祐一は自分も来るって言うだろ。俺だとあいつに押しきられて、『来てもいいぜ』とか返事しそうだからな。きっぱりと断る役なら、おまえがベストだ」

「ひっどい言い方ねえ」

「あ、いや。別に深い意味はないんだ」

「どこがよ、もうっ」

わざとらしく唇を尖らせたのを見て、イヴがくすっと笑った。仕方なさそうに愛海も笑う。しかし、道路の方へ視線を戻した途端、さっと表情を引き締めた。

「来たわよ」

「あれか！」

丘を上って来る車を見つけ、剛は額の汗を拭った。

「みんな、用意はいいか」

「……それはあたしのセリフだってば」

愛海は凜々しい女戦士といった表情で、頼もしく返す。

「いい？　まずあたしが接近して様子を見るから。合図があるまで隠れていてね」

「この際、女の子なのに～とか意地を張っている場合じゃないよな。……わかった」

愛海は、「そうそう、いい子ね」というような顔で剛の肩に触れ、ウージーの安全装置を外す。

そっと歩き出した。遠見が一人で車を下り、球場にゆっくりと近付いてくる。愛海は身を低くし、音もなく移動を始めた。獲物を狙う女狼のごとき動きで、呆れるほど速い。

ピッチャーマウンドの方へ向かう遠見の背後をあっさり取り、全く彼に気付かれずに急速に接近、たちまち彼の真後ろに至ると、銃口を背中に向けた。

刃のような警告の声を浴びせる。


「止まりなさい！　手を頭の後ろで組んで足を広げて。——はやくっ」


気の弱い者なら、声を聞いただけで涙ぐんだかもしれない。

あの調子で捲《まく》し立てられたら、ほとんどの者は逆らう気が失せるだろう。カッ上げでもやらせたら、比類なき成功率を誇りそうである。

遠見は涙ぐみこそしなかったが、やはりぎょっとしたのだろう。質問も意見も口にせず、黙って両手を上げた。愛海は服の上から身体検査を始め、じっくり調べていた。片足ずつ遠見の足を上げさせ、靴の裏から踵《かかと》まで調べる入念さである。

それが終わって、やっと剛達に合図した。

「いいわよ、来て。なにも持ってないわ、彼」

剛とイヴは急いで駆け寄った。

遠見は横目で剛を見やり、ニヤッと笑った。例によって隙のないスーツ姿であり、この蒸し暑い夜に、ネクタイまできちっと締めている。

「やあ、諸君。月の綺麗な夜だね」

剛が呆《あき》れて答えるより先に、愛海が銃口でスーツの背中を突いた。

「余計なことは言わなくていいの。それから、不用意に動かないように！　呼吸も節約して、遠慮がちにそ～っとやりなさい」

「これは怖いな」

遠見は苦笑した。

「怖いねえ……怖いから、私は寝る」

「ネタが絶望的に古い上に、少しもおもしろくないわね。あなた、ひょっとしてあたしが撃たないとでも思ってるの？　この際、一発ぐらいぶち込んだ方がいいかしらね……」

愛海の声が、不吉な感じに低くなった。

遠見は慌てて言った。

「いやっ。君が撃つ時はあっさり撃つ人だというのはなんとなくわかるよ。大人しくしてるから、勘弁してくれたまえ。ところで……手を下ろしてもいいかな。自慢じゃないが、私は四十肩でね。手を上げているのがつらいんだ」

「死ねば、四十肩で悩むこともなくなるわ」

「いいよ、若菜」

剛は二人に割って入った。

「どうせこのまま話を聞くわけにもいかないだろう。こいつも一人で来たんだし、話くらいは聞いてやろう」

全員、三塁側のベンチに腰を据え、遠見の言い訳を聞くことになった。

遠見は、武器を手にずらっと目の前に並んで座る剛達を見やり、「随分と信頼を失ったものだ」とおかしそうに笑った。

「笑い事じゃないぞ。……レインとやり合ったあの後、どうなったんだ？」

「いやぁ。結局、彼には逃げられた――どころの騒ぎじゃなくて、私達が必死で逃げたんだな、うん。彼は大変強くてね、私も思いっきり蹴飛ばされて死ぬかと思ったな。蹴られた場所が、まだ青い痣《あざ》になっててねえ……」

「そうか、良かった！　お陰でちょっと気が晴れた」

剛は遠慮無くズケズケ言ってやった。

未だに腹の虫が治まっていないのである。

「ははは……厳しいね。ところで、そろそろ『後ろの正面だぁ～れ』的な、もったいぶった登場の仕方は止めようと思うんだ。もう意味がないからね。どうだ、ここらで我々に協力しないか」

「……調子いいヤツだな、おまえ。なら、まずはそっちの正体を言ってみろ。返事が気に入ったら考えるよ」

どうせ語るまいと思って言ってやった剛だが、予想に反して遠見が「いいだろう、話そう」と返したので驚いた。

「その前に、一つだけ訊きたいが、イヴ君が異邦人だというのは、もう若菜君から聞いたかな」

「確かに教えたけど」

愛海が思い出したように顔をしかめた。

「その口振りだと、あなたはあたしの正体を知っているわね？　どういうことよ」

「それもまとめて話すよ。少し時間をくれないか。詳しく説明するから」

らしくもない素直な言い草に、剛はイヴや愛海と素早く視線を交わす。

イヴはとまどいを、愛海は警戒と疑いを視線に乗せて剛を見返す。もちろん後者は、「騙されないようにね！」という意味だろう。

遠見は三者三様の反応を気にした様子もなく、サクサク話し始めた。

「わかりやすく言うと、僕は雪野君と佐和君の話に出てきた『秘密結社』の一員だと言える。え、なんで佐和君との会話を知っているかって？　ああ……どうしてもそこで話が引っかかってしまうねえ。しょーがない。あっさりとばらそう。いいかい、一度視線を外してからもう一度僕を見てみたまえ」

わけがわからなかったが、剛は見張りは愛海に任せ、自分は遠見の言う通りに一度視線を逸らして、また戻してみた。

……遠見が消えていた。

「な、なんだっ」

がたっと立ち上がりかけると、愛海とイヴが不審そうに剛を見上げた。

この二人には、ちゃんと見えているらしい。

「ああ、安心したまえ。消えたわけじゃない。ちゃんとここに、君の目の前にいる。僕はただ、君の『視覚』に能力を使って干渉しているだけだ。慌てずに、じいっと目を凝らしてみたまえ。普通に見えてくるはずだから」

遠見の言う通りだった。

気を張って消えたベンチの上に視線を固定すると、またすうっと遠見の姿が現れた。

「……消えたと思ったのは、幻覚だったのか」

「ま、そう思ってくれてもいい。さして外れているわけでもないから」

補足するように付け加えた。

「異邦人達の中には、色々な者がいてね。重力や科学法則が、ここことは大違いの世界から来た者、あるいはこの世界には存在しない、不可解な『力』を持っている者達も多数いる。私もそんな一人さ。このしょーもない能力のお陰で、僕は仲間達から、主に足を使った情報収集役を仰せつかってしまった」

途端に、イヴが目を瞬いた。

「すると……あなたもその……わたしと同じ?」

遠見は大きく頷く。

「その通り。多分、故郷は全然違う場所、つまり君がいたのとは別の世界だろうがね。しかしここでの立場は、同じ『異邦人』だ」

それを聞き、剛は複雑な気分でイヴを、そして愛海を見た。イヴはともかく、愛海の視線は相変わらず、「乗せられないように！」だった。

もちろん、わかっている。

未だ疑いを捨てきれず、会話を戻す。

「つまりなにか？　その能力を使って、俺や若菜の身辺を嗅《か》ぎ回っていたのか？」

そうそう、と簡単に頷く遠見。

黙って聞いていた愛海は、痴漢か変態を見るような目で遠見を睨んだ。

「あ～、怒るのはわかるが、これも理由があってやっていたことだ。別に君の着替えを覗いたりはしてないし、安心してほしいね」

愛海はくすりとも笑わない。

「どうだか……。感想は保留するから、続きを話しなさい」

「……わかった」

遠見は頷き、また話し始めた。


――そうだな、ごくごくわかりやすい譬《たと》えを出そう。

たとえばだ、君達が突然、なんの前触れもなしに見知らぬ土地へ放り出されたとする。そこは周り中がいわゆるストレンジャーで、君にとってはまるっきり馴染みのない場所だ。

心細い……どうすればいいかわからないし、寂しくてたまらなくなるだろう、きっと。しかしひょんなことから、ここには自分と同じ立場の者も混じっていることに気付いたと仮定する。そう、彼のように他の世界からこちらへ迷い込んだ先人がいたわけだ。

それも過去からの積み重ねで、結構まとまった数がね。

第十三課は確かに大勢の「異邦人」達を捕獲しているが、そりゃあくまで比較的最近の話でね。あんな機関が設立される前は、政府も割合におおらかな対応だったんだ。

最初のきっかけは偶然だったかもしれない。

あまりにも昔のことなので、詳しいところは私も知らない。とにかく、「異邦人」達がいつしか集い、お互いに助け合うようになっていた。

こういう時、この国には上手いことわざがあったね？　確か、「類は友を呼ぶ」だっけかな？あるいは寂しい者同士が交流を始めただけかもしれないが、とにかくそんな風に、我々は一つのコミュニティーを形成していた。

むしろ、歴史の必然ってヤツだったかもしれないね。

我々は、この世界の人々に溶け込むようにして暮らしつつ、水面下で強固な繋がりを維持してきたのさ。秘密結社の性格を持ってはいたが、実体はただの相互援助の寄り合いみたいなもんでね。平和なものだったよ。

ところが最近、そうも言えない事態になってきたんだな。

「わかった。第十三課の誕生のせいだな」

剛が言うと、遠見は大きく頷く。

この男には似合わない苦渋の表情で顎をかいた。

「そう、まさにそれだ。第十三課は、この世界に迷い込んできた異邦人を問答無用で捕らえ、研究対象とする——という目的の元に生まれた。我々が他人事として見過ごせなかったのも当然ではないだろうか？　好むと好まざるとにかかわらず、我々は第十三課と敵対するしかなくなった。何しろ、彼らが我々の存在を認めてくれるはずがないんであって」

「……あの」

イヴが遠慮がちに割り込んだ。

「逃げるという選択肢はないんですか。他国へ脱出するとか？」

遠見は何度も頷く。

「真っ先に考えたとも。ところが、だ。我々は他国の異邦人とも多少の繋がりを保持しているが……近年、彼らの所在がいきなり不明になることが多いんだ。連絡もナシに、突然いなくなってしまう。我々が、『あるいは他国にも似た機関が？』と考えるのも無理はあるまい。元より、第十三課というのはただの呼称で、その実体は未だに明らかじゃないんだ。世界規模の組織である可能性も捨てきれないんだね」

遠見は一旦言葉を切り、剛達を順繰りに見ていく。

最後にイヴを見た時、彼女はまた尋ねた。

「もう一つ。じゃあ、街でわたしと剛さんを襲おうとしたのはどういうわけです？」

「ああ、それは」

遠見は、教師に悪戯を見つかった生徒のような顔をした。

「褒められたことじゃないが、我々の計画では、イヴ君を捕獲するために投入されるであろう、『レイン』をも保護するつもりだったんだ。というか、実は君達の格言で言う、一石二鳥を狙っていてね。イヴ君とレインを、二人まとめて問答無用で保護する予定でいたんだな。イヴ君が見つかれば、捕獲要員として必ずレインが出てくる……それが狙いだった。説得している時間などないと思ってね」

「本当か？　なぜ先に予告しなかった？」

剛はじっとりと睨んでやった。

遠見は肩をすぼめた。

「なぜなら、一緒に保護する中に、剛君まで含まれていなかったからでね。君は異邦人ってわけではないんで、引き続き『観察』のみを継続する予定だったのさ。君まで連れ去って、不用意に第十三課を刺激したくなかった。だが――」

とイヴの方を見る。

「そんな、こちらの勝手な予定を打ち明けたら、剛君は怒るだろうし、イヴ君も同行を嫌がったかもしれない……じゃなくて、確実に嫌がっただろうからね」

「当たり前ですっ」

珍しくイヴが強く言い返すのを聞き、遠見は肩をすくめた。

剛はまだ警戒を解かず、

「……要するにおまえ、イヴを餌《えさ》にレインを釣ろうとしていたわけだ。だけど、どうしてレインが『確実に』出てくるってわかる？　来ない可能性だってあるだろ」

「それがわかるのさ」

あっさりと言い返された。

「以前はともかく、今は、第十三課の内部に内通者がいてね。彼は異邦人ではないが、我々の憤りに賛同してくれている。そろそろ危険だしこの後の計画もあるので、あそこを脱出してもらわねばならないのだが……」

「するとなに？」

と今度は愛海。

「あなた達はあの施設の場所を探り当てただけではなく、スパイを送り込むことに成功していたっていうの？　一体誰よ、それは」

「それは——」

言いかけた遠見のポケットから、ルパン三世のテーマソングが流れた。剛達が呆れる中、平然と「失礼、今日はバイブレーションを切って来たんだ」などとほざき、遠見が携帯を取り出す。

しばらく相手の話を聞いていたが、いきなりぱっと立ち上がった。

「そのまま監視を続けてくれたまえ。私もすぐに行くっ」

いきなり焦燥感を露わにした遠見に、剛もつられて立ち上がった。

「どうした、なにがあった？」

「施設を監視してた仲間からの連絡だっ。どうやら我々の親愛なる『第十三課』で、異変が起きているらしいっ」

いきなり走り出そうとするのを、剛は反射的に引き留める。

「待てよ！　俺も行く。そこが敵のいる場所なら、俺だって知る権利があるはずだからな」

む、という顔を向けた遠見に、これまたすかさず愛海が追従した。

「仕方ないわね……もうあそこには近づきたくないけど、あたしも行くわ。雪野君だけじゃ心配だし」

言い出すのが遅れたのを恥じるように、イヴもまた立ち上がる。

「わ、わたしも一緒に行きます！」

遠見は反対するつもりか一旦は口を開いたが……すぐにそのまま閉じてしまった。

わざとらしく星空を見上げた後、改めて言う。

「駄目だと言ったら、撃たれそうだねえ。わかった、では一緒に行こう。敵の敵は味方って言うしね……」

「あたしは雪野君の味方ではあるけど、あなたのことは全然信用してないし、味方だとも思ってないわ。あたしの目が光っているのを、忘れないようにしなさい。裏切ろうとしたら、即座に背中を撃ちますからね。一瞬もためらわずにね！」

ウージーを構えた愛海が、身も蓋《ふた》もなく反論した。

遠見は却ってニヤッと笑う。

「剛君はもてるね……私も見習いたいものだ」

「……無駄口が多いのよ！」

ウージー・サブマシンガンの銃口が、ほんの一瞬だけ揺れた。

軽率だったかもしれない、とは思わなかった。遠見は胡散臭い男には違いないが、先程の説明は少なくとも剛にとってはかなり納得のいくものだったからだ。

とはいえ、全てが解明されたわけではない。というか、剛にとっては肝心な点をまだ全然聞いていない。

車で県道をすっ飛ばす遠見に、思いきって訊いてみた。

「急いでいるのに悪いが。あんた、俺のことについてなにを知っている？　俺とイヴの出会いを助けたのは、どうやらあんたの計画のウチらしいけど」

「いやいや、それは違うよ」

深夜の、がら空きの道をアクセルベタ踏みのまま、遠見は落ち着いて答えた。

一時の焦りは、もう去ったらしい。

「後になってから、君達が一緒の状況を利用させてはもらったが、一番最初に君とイヴ君が出会ったのは全くの偶然だ。あの時にもそう言ったと思うが？　私は二度目の出会いを手助けしたに過ぎんよ。……ま、君達二人は縁があったってことだね」

からかい気味に言ってのける遠見に、剛の左横に座るイヴが俯いた。照れているらしい。

剛自身も心騒いだが、気がかりな方を優先した。

「わかった。なら、それはそれでいい。で、俺については？『君についてはだいたい知っている』とか言ってたよな、あんた」

「う〜ん……」

遠見はわざとらしく唸り声を上げた。

「だいたい、と言ったのは少し言いすぎかもしれない。君について私が知っていることは、要するに第十三課で暗躍中のスパイ氏を通して知ったことばかりでね」

「それでもいい。教えてくれ」

「……第十三課の所長である真堂という男は、なにかの理由で恐ろしく君に執着しているらしい。電車事故の件は愛海君に聞いているかな？ ふむ、なら話が早い。その時、君はなんらかの処置を受けたらしいのだがね。興味が湧《わ》いたので、我々は内通者を通じてその辺を探ろうしてみた。でも、すぐにそれが不可能だと思い知ったよ」

「……なぜだ？」

遠見は静かに返した。

「その一件に関わった研究者達は、例外なく全員が行方知れずになっていたのさ」

眉をひそめる剛に、遠見は前を向いたまま嘆息した。

「言葉通りだよ。君が、第十三課で『なにか』をされたのは間違いない。しかし、その詳しい経緯を知る研究者達は、皆ふっつりと消えてしまった。まあ、はっきり言って――」

ちらっとルームミラー越しに剛と目を合わせる。

恐ろしい事実を述べてくれた。

「彼らは全員、秘密保持のために殺されたのだと私は思っているが。……我々の協力者たるスパイ氏が、君の一件に関わらなかったのは幸いだったよ。彼は研究室のチーフを任されている身なので、真堂も捨て石にするのをためらったのだろうね」

剛にとっては全く笑えない話である。

遠見の遠慮なさに反発を覚えたのか、なにか抗議しようと身を乗り出した右隣の愛海は、しかし途中で驚き顔になった。

「研究室のチーフですって。じゃあ、あの坂崎氏がスパイだったの?」

「さよう。ちょっと気が弱い面もあるが、彼はよくやってくれているよ……顔見知りだったのかな?」

「いいえ、彼はあたしのことなんか知らないと思うわ。あたしは立場上、極秘のファイルも見ることがあったので、坂崎氏の存在くらいは知っていたの」

まだ驚きの醒《さ》めやらぬ顔で愛海が呟く。

「なるほど……。で、愛海君も剛君の件については詳しく知らないのかね?」

「それどころか、研究者達が消えたのも知らなかったわ。あたしは、あまりあそこに戻らなかったから。……でも、そこまでするってことは、なにか真堂自身に関わることなんでしょうね」

「彼には不死願望があるらしいが……その辺りが関係してないかな」

「わからない。真堂がそっちの研究に凝っているのは事実だけど、詳細はあたしも知らないのよ。ただ――」

そのまま小声でやり取りを始めた二人の会話を、剛はもう聞いていなかった。

俺に関する秘密に関わった研究者達が、殺されただと？ その「所長」とやらは、そこまでして俺になにをしやがったんだ。

ためらいもなく口封じをしなくちゃいけないほど、ご大層な秘密だってのか！

「剛さん……」

またイヴが、力づけるように手を握ってくれた。

「きっともうすぐ、なにもかもわかるわ。それに、剛さんにはなんの責任もないことだし……だから元気出して」

「あ、ああ。ありがとう。ちょっと驚いただけだ。大丈夫さ……」

イヴの気遣いに感謝して、無理に笑ってみせる。彼女は嬉しそうに微笑み返してくれた。

そう言えば、この子の立場だって剛よりマシとは言えない。そもそも故郷はこの世界のどこにも無く、そこへ帰るアテも未だない。現時点でそんな方法がないのは、遠見に確認するまでもなかった。可能なら、彼ら自身が真っ先に帰還しているはずだからだ。

いつの間にか遠見がルームミラーで、そして愛海が隣でじっと自分をうかがっているのに気付き、剛は首を振って雑念を追い払った。いま悩んだところでどうしようもない……自分のことも、イヴのことも。遠見はどうでもいいが、愛海やイヴに心配をかけたくはなかった。

「ところで、第十三課で異変って、具体的にどうなっているんだ。誰かが暴れているのか？」

無理矢理、話を変える。

最後は冗談のつもりで尋ねたのだが、なんと遠見はあっさりと首肯した。

「よくわかったね。外から観察しただけの報告なので判断しにくいが、どうもそうらしい」

愛海が身を乗り出した。

「……なんですって？　あそこで誰が暴れるっていうのよ。すぐに殺されるのがオチでしょう」

「私に言われてもね。現に、施設のあちこちで火の手というか、騒ぎが勃発しているらしいんだ。そうとしか思えないだろう」

しばしの沈黙の後、イヴと剛は同時に声を張り上げていた。


『まさか、レイン（さん）が！』


「……かもしれないな。あの彼ならあり得る。私としては、第十三課が音を上げ、警察や自衛軍が出動する事態にならないことを祈るよ。少なくとも、今はね。坂崎君の持ち帰る情報は貴重だし、今後の計画にもぜひ必要でね」

口にしてから皆の視線に気付き、言い訳のように付け加えた。

「いやっ、もちろん彼自身の身の安全が第一なのだが」

「取り繕わなくても、どうせあなたのことは全然、全く、これっぽっちも信用してないわよ」

愛海が冷たく返す。

「むう。だからって、私一人が前の座席で運転とは。寂しいねえ……なにか仲間外れになった気分だよ」

遠見は本気そうな口調で言い、わざとらしく悲嘆に暮れた顔をした。


そのうち、遠見の運転する車が速度を落とし始めたので、剛は気を張ってデザートイーグルを持ち直した。

「近いのか？」

「ああ。もうすぐそこだ。……煙が上がっているだろ。どうやら、本当にレイン君が暴れている可能性が高くなってきた」

「煙だと？　この深夜によく見えるな。俺にはなにも見えないぞ」

「失礼。君と私とでは、根本的に視力が違うんだ。私の世界じゃ、これくらい見えて当たり前でね」

そのつもりはないのかもしれないが、なんとなく嫌な言い方をしてくれる。

文句を言いたかったが、イヴがガラス越しに夜空を見ていたので、そっちに訊いてみた。

「イヴも見えるのか？」

「え、ええ。細い煙が上がっているわ。それから、銃声らしき音も聞こえる……」

反射的に首を巡らせ、右隣を見る。

愛海は肩をすくめてみせた。

「いいえ。あたしは見る方は駄目。ごく微かに銃声は聞こえるけど……それだけね。とにかく、覚悟は決めておきましょう。戦闘になるかもしれないわ」

「そんな近いのか!」

思わず辺りを見る。

丁度、自分の現住所がある県に入ったところであり、このまま走り続けると元の街へ戻ってしまうことになる。

ところが遠見は「あそこがそうだ」と、ずっと前方の、道路脇にある広大な施設を指差した。同時に、かなり手前で車を止めてしまう。

正門の前に、幾人かの警備員らしき者の姿が見えるのだ。これ以上は近付けないと判断したのだろう。現に交差点を起点として、そこから先は道路がバリケードで封鎖され、迂回標識が出ていた。

しかし……ここは見覚えがある。

小学生の時に、学校から見学にも行ったことがあるはず。

「あそこなら俺も知ってるぞ……浄水場だろ、確か」

なにかざわざわと込み上げてくるモノがあった。ここを通るのは久しぶりだが……ずっと以前に通った時と違い、ひどくあそこが気になるのだ。

「さよう。実際、浄水場としてちゃんと機能してるよ。しかし、その地下は丸々、悪の巣窟《そうくつ》だ」

遠見は古くさい言い方で断定した。

念のため愛海を見ると、微かに頷く。

「そうか……あんなところにあるんじゃ、誰も気付かないわけ――ぐっ」


――色んなことが同時に動き出した。


剛はしばらく収まっていた頭痛がなぜか激痛となって復活し、愛海とイヴは慌てて、身体を丸めた剛に手を伸ばした。

そしてさらに、浄水場の方からは派手な爆発音が響き、巨大な火柱が上がった。施設全体を照らすほどの業火が、くっきりと夜空を彩る。

剛達が様子をうかがっていた警備員達が、一斉に施設へ向かって走り出した。


「――光よっ」

ごく短い謎の旋律を呟いた後、レインの一声に応じ、頭上に煌めく無数の光球が浮かぶ。

それら全てが明滅し、渦を巻いて彼の頭上を舞い始める。

廊下の向こうから撃ちまくるコマンド達を厳しく睨み付け、レインがさっと彼らを指差す。

「いけっ！」

言下に、無数の光球が一斉に飛んだ。

流星雨よろしく、身も蓋もなく戦闘班達《コマンド》に襲いかかる。身を翻して避けようとした者、あるいは身体を丸めて防御を試みた者……皆が等しく、同じ運命に見舞われた。

すなわち、血煙とともに倒れ伏してしまった。

敵が全滅すると蛍火のような光球も全て消えてしまい、物騒なコマンドで満ちていた廊下はたちまち平穏さを取り戻す。

レインは身軽に走り出した。

「よし、行くぞ。次で地下一階だ」

「あ、ああっ」

答えつつ、少年の背中を追って坂崎は走る。

非常用の階段は各地下フロアによって設けられた場所が異なり、各階を制圧するごとに、廊下を走り抜けて次の階段に行かねばならない。

エレベーターは論外なので、他に逃げる方法がないのだ。

追っ手の大軍をことごとく倒し、ついにここまで来てしまったのだ。レインのお陰で、あり得ないことが起きていた。

踊り場から非常階段の扉を指差し、坂崎は息切れしまくりの声で教えた。

「ひ、非常階段はここまでなんだ。後は……暗証コードが必要なＶＩＰ専用しか……。我々は……廊下の突き当たりにある、荷物搬入用の通路を行くしかない」

苦しい息の下、やっとの思いで言いきる。

レインはちらっと坂崎を見て、「生き延びられたら、もっと身体を鍛えておくことだ」などと、こちらは汗すらかいていない涼しい顔で言った。

「たまには外へ出ろ。おまえの身体はなまりきっているぞ」

辛辣《しんらつ》なセリフに苦笑した。

この少年と比べられたら、この世界の人類の大半は身体がなまっていることになるだろう。

だいたい、そんなことを言いつつも、なぜか彼は坂崎を見捨てようとはしないのだ。

邪魔なお荷物がいなければ、とうの昔にレインが逃げ延びていたのは間違いないのである。道案内と言っても、結局は上へ上へ逃げていくだけで、坂崎は多少の近道を教えているだけに過ぎない。

しかし、坂崎の方はレインが見捨てていたら、これまで数十回は死んでいたはず。廊下の装甲隔壁が閉鎖され、新開発の毒ガスが流された時は、特に危うかった。彼の言うところの「この世界にはない力」とその卓越した戦闘能力のお陰で、坂崎は死を免れている。

だから、心からの感謝を籠めて答えた。

「せっかく救ってもらった命だからね。ここを出られたら、忠告通りにするよ。もっと運動もするさ。どのみちここじゃ、なかなか外に出してもらえないんだ」

「ふむ。そうだな……そうしろ。おまえには間諜など向いてない」

忠告だか嫌みだかわからないセリフを吐いた後、相変わらず坂崎には意味不明の呪文を呟き、レインは足で鉄のドアを蹴り開ける。途端に、これまでに倍するけたたましい銃声が出迎えてくれた。

「ひっ」

思わず頭を抱えてしゃがむ。

こればかりは全然慣れない。

持ち出した武器も、まだ一発も撃っていない。どうせ向こうはプロだし、坂崎が撃ったところで十倍返しに弾を食らうだけなので。

「またソレか……芸の無いヤツらだ。くだらない武器に頼るしか能がないなら、絶対に俺は倒せない」

どこまでも静かなレインの声。

そこに救いを見出し、坂崎はやっと顔を上げる。

「ここで待て。三十秒で片を付ける」

薄青い光のマントを羽織ったような、レインの疾走。横殴りの豪雨のごとく殺到する、全ての弾丸を弾き、レインの間合いに入ったところで魔剣（と坂崎はヤケクソで呼ぶことにした）一閃。

戦闘班《コマンド》の連中は、これまでの仲間達と同じ運命をたどった。

無駄を絵に描いたような銃撃戦からコンバットナイフでの接近戦、そしてあれよあれよという間に倒れ伏して行く戦闘服の群れ……。輝く魔剣が縦横無尽に走り、敵を切り裂き、薙ぎ倒す。

不吉な青き閃光は容赦なく犠牲者を増やし、血が真紅の雨となって廊下に降り注いだ。

防刃ベストも防弾ベストも、青白い魔剣の前には紙切れほどの役にも立たない。

彼らも近接戦闘のエキスパートのはずなのに、三十秒はおろか、二十秒も保《も》たなかった。

レインはここまで全く無傷で来ているのだから、お話にもならない。坂崎ですら、もう脱出を信じ始めている。

「いいぞ、来いっ」

「あ、ああ!」

お飾りと化した銃を手にちょこちょこと走り、レインの元へ。そしてまた、二人で走ろうとしたその時――。

今までとはひと味違う新手が、前方の角を曲がって登場した。緊張気味にそちらを見た坂崎は、次の瞬間、真堂の狂気を思い知った気がした。


前から思っていたが……あの男は絶対に狂っている!


五人ほどいた新手は、全員がロケットランチャーを所持していたのだ。坂崎は武器に詳しくないが、対戦車用の携帯兵器で、RPG7とか言うはず。

どうせ所長の命令だろうが、無謀にもほどがある。あんなものをここでぶっ放したら、下手したらこのエリア全体が土砂の餌食《えじき》になるではないか!

「なにを考えているかわかるぞ、坂崎史郎《しろう》」

戦闘服姿の指揮官が、ヘルメットの下で愉快そうに目を細めた。

ゆっくりと人差し指を左右に振る。

「だが、おまえが思うほど無茶な試みでもない。おまえが考えるより、各フロアは頑丈でな。発射と同時に、我々の前を装甲隔壁で閉鎖すればいい。タイミングだけが問題だが、私の手の中にリモコンがあってね。これで一発だ」

手にした名刺サイズの固まりを差し上げて見せる。

「そして、おまえ達は逃げ場もなくひしゃげた肉の塊りになる」

細めていた目をかっと開き、本性を露わにした。

「散々調子に乗ってくれた礼をしてくれる！　覚悟するがいいっ」

増悪まみれの目で睨まれ、坂崎は思わず後退りした。

情けなくはあるが、しかし神に縋るような思いでレインを見やる。心底ほっとしたことに、この少年の冷静さはいささかも損なわれていなかった。

「おまえらには、口で言い聞かせてもわからないだろうが……それでも警告はしてやる」

見上げた坂崎の肌が粟立《あわだ》つような、圧倒的な気迫と力を感じさせる瞳で、指揮官を見据える。

「黙って俺達を行かせた方がいい。さもなくば……後悔することになるぞ」

レインの視線を浴びた指揮官は、ぎらぎらした戦意をふっと弱めた。この少年の黒瞳の中になにを見、なにを感じたのか、今まで浮かべていた勝利に酔った表情が、綺麗さっぱり消えてしまった。後に残ったものは……あれは、本能的な怯えだろうか。

坂崎は、これほど深い恐怖心に満ちた顔を、かつて見たことがなかった。

歴戦を誇るこの指揮官は、レインの内になにか得体の知れない「力」を感じ取ったのかもしれない。そして、レインの強さをも、本能で悟ったのだろう。

あるいは部下達が見ていなければ、指揮官はそのまま動けなかったかもしれない。

しかし……不思議そうに自分を眺める部下達と、そしてどこかで様子をうかがっている無慈悲な主人の存在が、彼の背中を押した。押してしまった。

掠れた声で、やけっぱちのように「う、撃てっ」と叫んだ。

一斉に放たれたロケット弾が、シュッという音を立てて殺到してきた。

同時にレインは、片手をさっと突き出す。その手がまばゆい光を放つ。


時間が止まったのかと思った。


坂崎には、まるで映画の特撮かなにかのように見えた。自分達の足下の廊下に、あるいは背後の壁にぶち当たって盛大に爆発するはずだった細長い砲弾は、全て数メートル先の空中で静止している。あたかも、見えない力で摑まれたように。

それだけではない。

タイミングを合わせて装甲隔壁を閉鎖するとか言っていたが、指揮官がリモコンのボタンを押しても、廊下の隔壁は落ちてこず、ただ軋《きし》むような音がしただけだった。

どうやら少年の持つ不可視の力が、閉鎖されるはずの隔壁と砲弾の動きを止めてしまったらしい。自分の目で見なければ、信じ難いことである。

「ば、化け物か、おまえは！」

未練がましく、まだリモコンをカチカチやっている指揮官が、飛び出しそうな目で静止した砲弾を見ている。推進剤が切れても宙に浮かんだままのそれらは、彼には悪夢のように映っていることだろう。

「信じないのはおまえの勝手だ……しかし、それで結果が変わるわけじゃない」

まるで、レインの言葉に反応したかのように——。

ロケット弾の群れは一斉に向きを変えて空中を渡り、逆にコマンド達を襲った。

彼らは誰一人動けず、死神に魅入られたような表情で立ち尽くしている。中の一人が、着弾する寸前に小さい悲鳴を上げた。

ヘルメットでわからなかったが、どうやらそれは女性の声らしかった。

その絶望の声を聞いた直後、坂崎はおそらく初めて、レインの動揺をその目で見た。

少年は女兵士の悲鳴を聞いた瞬間、顔色を変えていきなりダッシュしたのだ。

「なにを！　もう間に合わないぞっ」

事実、既に装甲隔壁が素早く落ちて廊下を分断し、その向こうで地鳴りのような爆発音がしたところだった。二人がいるこちら側の廊下も激震に見舞われ、坂崎は足をすくわれてどっと倒れた。

受け身など知らないので嫌というほど背中をぶつけたが、隔壁の向こうのコマンド達よりはマシだったろう。彼らが、自分達の行動を後悔する間もなく爆死したのは間違いないのだ。

「……ふう。また命拾いしたな」

坂崎の独白にも、レインは反応しなかった。向こうとこちらを分断した隔壁を向いたまま、呆然と立ったままだ。

「……どうしたんだ？」

声をかけても、返事がない。

ただ一言、「まさか女が混じっていたとは」などと呟きを漏らしていた。

間が悪いことに、そこで背後からの足音がした。

ぱっと振り向くと、坂崎達が抜けてきた非常階段から新たな人影が姿を見せ、銃を向けようとしたところだった。

「――――！　危ないっ」

坂崎は警告を発し、戦闘開始以来、初めてイングラムを撃った。

廊下に、無数のマズルフラッシュが光る。

たまたま腹這いの姿勢だったのが、坂崎にとっての幸運だった。敵は血飛沫《ちしぶき》を上げてのけぞり、坂崎の体にめり込むはずだった銃弾は彼の頭上を通り過ぎた。

「助かった……」

震えるようなため息をつき、そろそろと身を起こす。再びレインの方を見た時、今度は別の意味で震えた。

レインは……これまで比類なき強さを誇った黒衣の戦士は、俯せに倒れていたのだ。背中に銃弾を受けた痕《あと》があり、身体の下ではじわじわと鮮血が広がっていた。

「う、嘘だろうっ。避けなかったのか！」

内心の思いがそのまま口を衝いて出た。

まさか、という思いがある。

銃弾を、幼児が投げた空き缶程度のレベルで易々とかわしていた彼が、なんで今になって？

駆け寄ってしゃがみ、半身を抱き上げる。

銃弾は彼の背中から入り、外へ抜けていたが、大怪我を負ったのは見ればわかる。大至急手当てしないと、命取りになるだろう。

「し、しっかりしろ。おい君っ、聞こえるか！」

「……揺するな、馬鹿。よけいに傷口が開く」

揺さぶっているウチに、ようやく目を開けてくれた。

肉体の痛みより心の痛みを露わにして坂崎を見た。

「俺が甘かった。敵に女がいるかもしれないのは、最初からわかっていたのに……無様なもんだ」

「それでか……君は女性に優しいんだな。だけど、あと少しだけがんばってくれ。ここを脱出しないと、手当ても出来ないんだ」

正直すぎるセリフだが、坂崎の本心である。

非常階段の方から、またまた複数の足音が聞こえてきている。敵にはまだまだ余力があるのだ。

あと十秒もすれば、新たな増援が現れるだろう。

「わかっている……」

よろめきながらも立ち上がろうとしたレインに、坂崎は慌てて肩を貸した。向こうは迷惑そうに振りほどこうとしたが、あいにく、今は坂崎の方が体力に勝る。

「無理をするなよ！　いいじゃないか、肩を貸すくらい」

「……わかった。じゃあ、そのまま支えていてくれ。長くはかからない」

「う、うむ」

何をする気か知らないが、言われた通りにしてやる。

レインは切れ切れの声で、またしても不思議な歌のような旋律を紡ぎ出した。彼の故郷の言葉なのか、坂崎にはなにを言っているのかさっぱりわからない。

ただ、その旋律の合間に二人の身体を例の青い皮膜が包み出したので、坂崎はいよいよしっかりとレインを支えた。

「いたぞ！　あそこだっ」

敵の増援が発したセリフと、レインが紡ぐ旋律が終わるのが、ほぼ同時だった。

途端に、坂崎の視界を真っ白な閃光が埋め尽くした。

そして、巨大な爆発音が耳を打つ。

わけがわからなかったが……自分達の身体が上昇していくのだけは感じ取れた。

都合のいいことに一際大きな爆発音の後、正門付近でがんばっていた警備員達が、すっかりいなくなってしまった。

それも無理はなく、今の爆発で地上の建物部分が一部派手に倒壊し、もくもくと煙を噴いている。まるで床下が噴火したような有様である。

遠見は、とっさに決断した。

「敵は混乱の極みにあるようだ。よし、一か八か、私が様子を見に行こう。この騒動が、レイン君か坂崎君に関係している可能性は高いからね」

「前置きはいいから、車で突っ込んじまえよ」

脳を抉《えぐ》るような頭痛を堪え、剛は後部座席から意見する。

「なにか予感がする。今の爆発、絶対にレインが関係しているぜ」

「私もそうは思うのだが。しかし、車ごと施設に突っ込むのはね。そりゃあまりにも無謀だよ」

「待って！　そんな必要はないかもよ」

ウージーを胸に抱えた愛海が、施設の方を指差した。

皆、そちらを見る。

茶色のバンが正門を突破して、走り出てきたところだった。遠すぎてドライバーの顔は見えないが、このタイミングで門を飛び出して来るのは、なんとも怪しい。いかにも、脱出を図っているように見える。

というか、遠見にはちゃんと相手が判別出来たようだった。

「坂崎君だ！」

一声叫ぶなり、こちらも急発進した。

加速して一気に道路を横断すると、前方のバリケードを吹っ飛ばし、突進してくるバンの鼻先で急停車する。

次の瞬間、剛達は弾かれたように車を下りた。

急なことで驚いているのか、ドライバーは剛達を見た刹那、顔中を口にして悲鳴を上げていた。

逃げる途中なら無理もないかもしれないが……それにしても随分な驚きようである。仲間の遠見もいるのに、目に入らないらしい。そこまで驚くほどのことだろうか。

だが、剛はそんな些細なことはすぐに忘れた。

助手席に——血まみれのレインがいる！

ぐったりと動かず、目を閉じていた。

「大丈夫だ！」

遠見が力強く叫び、双方の硬直を破った。

「ほら、前に話した剛君と、それからイヴ君だよ。ここにいる愛海君も我々の味方さ！」

その声に、やっと坂崎氏は遠見の方を見る。

知り合いの姿を見てやや落ち着いたらしく、ガクガク頷いていた。そのままよたよたと車を下りようとしたところへ――。

いきなり愛海がさっと駆け寄り、施設の方へ向けてウージーを連射した。

雷鳴の轟きのごとき銃声に、剛達ははっとした。

「長話なんかしてる場合？　さっさと逃げるのよ！　向こうは戦闘能力を完全に無くしたわけじゃないわ」

愛海は熟練の手つきで弾倉を瞬時に交換した。冷静に射撃を続けつつ、「早くっ」と叱声を放つ。剛達が顔見せしている間に、車二台に分乗して敵が出てきていたのだ。

愛海の射撃は小憎らしいほど正確で、ちょうど正門を出たばかりだった敵の車両一台に、ビシバシ命中させている。二台ともすぐにパンクして迷走、つんのめるように止まってしまった。

「ちょっと貸して」

弾切れのウージーをイヴにパスし、愛海はＭＣ５１を受け取った。それを腰溜めに構えるのを見て、車から戦闘服姿の男達が飛び出してきた。

「貴様！　若菜かっ」

「しゃべっている暇があったら、とっとと逃げることね！」

捨てゼリフとともに、世界最強のサブマシンガンが火を噴いた。

オレンジ色のマズルフラッシュが闇をけばけばしく彩り、二台の車のボンネット部分にボコボコと穴を穿った。

衝撃で車体がぐらっと揺れ、次にガソリンに引火した。

火柱を上げて爆発炎上する二台をしばらく見つめた後、愛海はポカンと立つ仲間に向き直る。

「ほら！　これで何分か稼げたわ。今のうちに逃げるわよっ」

――誰一人として、反対しなかった。


成り行き上、剛達は遠見の車に便乗し、そのまま彼らの本拠地まで同行した。

そこがどこなのか知りたい、というのもあったし、遠見がしきりに「次の計画」というセリフを口にしていたので、その計画とやらに興味が湧いたせいもある。

残念ながら剛達の側には、これといったプランは何一つなかったので。よって、遠見達の計画が良く出来たものなら、過去の経緯には目を瞑り、ともに行動するのもいいかと思ったのだ。

ちなみに決断したのは剛で、イヴは即座に賛成、愛海はあっさりと剛に判断を委ねた。

指揮官には従わないとね、というのが彼女の弁である。どこまで本気か知らないけれど。

というわけで、救急車や消防や警察などの各車両がわんわんサイレンを鳴らして走り回る中、二台の車はなるべく路地から路地へと道を選び、大きく遠回りして「拠点」とやらにたどり着いたのである。

そこは全く普通の会社で、一階が商品（ぬいぐるみやキーホルダーなどのファンシーグッズだ！）の出荷場になっている他は、ほとんど目立たないビルだった。

場所は呆れたことに、例の浄水場から何キロも離れていない。こんな近場でよく堂々と会社経営なんか出来るものだと、剛達は別の意味で感心した。

遠見曰く、「私達も、霞を食っては生きられないからね」とのことで、これは異邦人のクセに社会に完全に溶け込み、商売までやって利益を上げている自分達の立場を、端的に説明したものらしい。

おまけに、ここは別に本拠地ではなく、幾つかある彼らの拠点の一つだそうだ。


ビルのシャッターを開けて車を乗り入れると、レインと坂崎は別の作業用エレベーターへ、そして剛達は遠見に案内され、入り口横の来訪者用エレベーターへと乗り込んだ。

遠見はポケットから小さなキーを出し、階数ボタンの下にある、金属製の蓋を開けた。そこには新たなボタンが三つあり、1~3の表示がある。多分、これも階数表示だろう。……おそらく、地下の。

「敵を見習ったのかしら。地下にアジトを設けたのは?」

愛海のセリフに遠見は微笑み、

「まあ、上の階は純粋に普通の会社として営業しているしね」

などと言い訳した。

「ちなみに、僕は名目上とはいえ、課長職を押し付けられている。そっちの仕事もあってね、ははは……いやぁ、貧乏暇なしとはこのことかな」

「……誰も訊いてないわよ、そんなこと」

エレベーターはすぐに地下三階に着き、遠見は明るい廊下に一足先に出て、剛達に丁寧にお辞儀した。

「ようこそ、我らが秘密結社へ。ローゼンクロイツは君達を心より歓迎するよ」

「なんでもいいから、お茶くれないか。喉渇いて死にそうなんだ。あと、腹も減ったし」

剛は早速注文をつけた。


お茶その他と、寝床は用意してもらえた。

しかし、その後が大変だった。一眠りして起きたと思ったら、もう「自称医者」だという男に請われ、剛は精密検査を受けることになってしまった。

別室に案内されて見たのは、大病院の人間ドックに使うような医療機器で、これで脳内のＣＴスキャンなどを行うらしい。

さらに尿は採られるわ、頭痛の時の症状などをしつこく訊かれるわで、昼が過ぎてようやく検査が終わった時には、剛はぐったり疲れてしまった。

昨晩の騒ぎ以来、初めて三人が食堂のような場所に集まってくつろいでいると、遠見が例の飄々とした表情で入ってきた。

「やあ。お揃いだね。剛君、ご苦労様」

「――で。なんかわかったのか？」

遠見は苦笑した。

「いや、そんなにすぐ結果は出ないよ。そもそも、ちょっと調べてわかるようなものじゃないと思っているがね、私は」

「……なんだ」

がっかりした。

結構、期待していたからだ。

「あの……レインっていう人はどうなったんですか」

イヴが心配そうに訊いた。

「うん。彼についてはなんの心配もない。常人より遥かに回復も早いみたいだし」

「あたしもちょっと訊きたいんだけど」

今度は愛海がじいっと遠見を見る。

「ここにいる連中って、全員が『異邦人』なの？」

「だいたいは。上の会社の社員の中には、普通の人もいるがね。その方が怪しまれにくいんだ。だが、この地下エリアは別だ。ここにいるのはエイリアン（異邦人）ばかりだよ」

愛海は小さく頷いて、足下のバッグに目を落とした。そこには三人分の武器弾薬が詰まっている。それを手元から放さないのが、彼女の警戒心を物語っているだろう。

剛はそんな愛海を頼もしく思いつつ、「それで」と遠見の注意を自分に向けさせた。

「そろそろいいだろう？　そちらの計画とやらを聞かせてくれ。俺達はここへ遊びに来ているわけじゃないからな」

「ふむ……いや、別に君達ならいつでも大歓迎だけどね。でもまあ、私もそろそろ話そうと思っていたところだ」

遠見はサマースーツの内ポケットに手を入れ、プラスチックケースを取り出してみせた。

「坂崎氏が地道な活動の末に入手してくれたデータが、全てここにある。……いわゆる、動かぬ証拠というヤツだけどね」

「それをどうする気？」

興味津々といった顔で愛海。

「言っておくけど、雑誌や新聞にも、権力の手はちゃんと伸びているわよ」

「わかっているさ。しかし、なにもこの国の人間全てが、第十三課の味方でもなかろうよ」

遠見はそう言うと、悪戯っぽく笑った。


レインを見舞うつもりで坂崎が部屋を訪れると、この戦士はベッドに半身を起こし、テレビのボクシング世界タイトルマッチなど見ていた。

坂崎が「もう起きられるとはなあ。さすがだね！」と声をかけても、ただ微かに頷いただけである。

愛想がないのは、安全な場所でも同じらしい。

坂崎は椅子を引き寄せてベッドの脇に腰掛け、しげしげとレインを眺めた。

「……ボクシング、見ていてわかるのかい」

「だいたいは。足技は禁止なのだろう？」

「まあね。――で、君から見てどうだ、このスポーツは？」

「スポーツか……」

レインは複雑な表情で首を振った。

「他のヤツは知らんが、こいつは――」

と現チャンピオンの方を指差し、にべもなく評した。

「手数が多い割に、あまり有効な打撃がない。攻撃に無駄が多い証拠だ」

「ふむ。そりゃね。君から見ればそうかもなあ」

「俺も訊きたいことがある」

レインはやっと坂崎をまともに見た。

「実は前から尋ねようと思っていた。……もし俺が元の世界へ帰ったら、やっぱり向こうでも同じだけの時間が過ぎているのか？」

「それは誰にもわからないよ。一年どころか、百年も経っているかもしれないし、あるいは数分かもしれない。異なる次元世界では、何でもあり得るからね。断言出来るのは、同じ時間の流れじゃないだろうってことくらいさ。しかし……」

坂崎はつくづくレインを見やり、

「君は、元の世界に帰れるアテがあるのかな」

「……来たからには、帰る道は必ずある。無論、俺は帰る。肝心な部分はよく覚えていないが、俺は自分の意思でここへ来たという気がするんだ……決して、事故や何かで飛ばされたわけじゃない」

　遠くを見るような目で、とんでもないことを言う。

　坂崎が質問するより先に、レインはまた尋ねた。

「あいつらはどうした。俺と一緒に捕まっていた女と、もう一人いたろ。……例のあいつが」

「わかってるだろうけど、彼は味方だよ」

　坂崎は急いでそう断言しておいた。

　誤解されては困るのだ。

「……事態を打開しに行った。僕が持ち出したデータを持ってね。上手くいくといいんだが」

「どんな手を使う気だ？」

　どう説明したものか、坂崎はほんの少し悩んだ。この少年が聡いのは確かだが、しかし現代の政党政治のことなど、理解出来まい。

　なので、ごく簡単に説明した。

「つまりだね。日本の政治家全てが、同じ方針で動いているわけじゃない。国の方針を決定するメインとなる政治家がいる反面、当然、彼らを打倒する気でいる政治家達もいる。いわば、第十三課の潜在的な敵だね。その彼らに、ありったけの事実をぶちまけようってわけさ。上手くいけば、政権交代……ええと、革命が成り立つってわけ」

「こういうことか？　現在、権力を手中にしている王を追い落とすため、国内の他の権力者に助力を請う？」

「まあ、そうだね。大きく間違っているわけじゃない」

「なるほど……」

レインは至極簡単に頷き、さりげなくさらに詳しい話をせがんだ。

この少年に隠す理由もないので、坂崎は雑談に紛れて請われるままに教えた。

「――というわけで、事態の急展開に合わせて、以前から接近していた双方がこっそり会うことになってね。ネットで情報のやり取りをするのは、少し危険すぎるからさ」

「……ふむ」

坂崎が、レインをもう少し注意深く観察していれば、あるいは気付いたかもしれない。相槌《あいづち》を打つように頷く彼の黒瞳が、何か油断ならない光を帯びたことに。しかし、久方ぶりに安全な場所に戻った坂崎は、レインの表面上の無表情に騙され、特に不審を感じなかった。

第一、まだ全快にはほど遠い彼のこと、しばらくは大人しくしているだろうと決め付けていた。

テレビ画面では、ちょうど現チャンピオンがダウンを喫したところだった。


閉鎖されたテーマパークの中には、当然ながら人っ子一人いない。

哀《かな》しいまでに寂れた空間であり、なまじ広いだけに、その寂寥感《せきりょうかん》といったらなかった。かつてはここを大勢の観光客が訪れたのだろうが、もはや人の気配は皆無である。

いま剛達が歩いている場所はヨーロッパ辺りの古い町並みを模していたらしいが、全盛期はともかく、今は単なるゴーストタウンである。

それも、張りぼてのゴーストタウンだ。

遠見に同行した剛達は、彼と一緒に入り口の封鎖を破り、そのままこっそりと内部に侵入している。

ここにも管理人はいるそうだが、それは耳の遠い老年の警備員で、しかも裏口付近にある詰め所からほとんど出てこない――らしい。

「……なんで政治家の偉いさんが、そんな情報を知っているんだ?」

中央の元噴水広場の方にぞろぞろと移動しながら、剛はなんとなく尋ねてみた。

「これは秘密にしているそうだが」

遠見はそう前置きし、

「開園当時の出資者の一人が、その『偉いさん』でね。ここはめでたく潰れてしまったものの、未だ再建を諦めていないそうだよ」

「裏付けは取った?」

と、これは愛海。

「もちろん。少なくとも、嘘じゃなかったな」

愛海は顔をしかめただけで何も言わなかった。相変わらず手にしている武器が満載のバッグを揺すり上げ、しきりに周囲に視線を配っている。

特に気にしているのは、数十メートルほど遅れてついてくる数人の男女の群れで、廃墟を抜けた辺りでついに愛海は不満を口にした。

「ねえ……後ろのあれ、なんとかならないの」

「――と言われてもね。議員に実際に信じてもらうには、データだけじゃなくて現実の『異邦人』も見てもらわねば」

遠見の説明でわかる通り、あの数名は全員が異邦人達で、遠見の仲間内でもそこそこ強力な力を持つことで知られているらしい。

どんな能力か剛達は聞かされていないが、戦闘的な「力」ではないという。ただ、見た目にわかりやすい能力だというので、遠見がわざわざ選んだのである。

「それはわかったけど」

剛も愛海に口添えした。

「異邦人を紹介するなら、イヴやあんただっているだろうに。……じゃなくて、とりあえず一緒に行動したらどうなんだ。わざわざ離れて歩くことはないだろう」

遠見は難しい顔をした。

「まあ、それについては私も同感なのだが。しかし、私の仲間内にも、まだ君達を信じきれない者達がいてねえ。彼らはたまたま、その一部なんだ」

「ふぅん。ま、信じてないのはお互い様だけどね」

むしろ納得したように愛海は頷く。

そして、さりげなくテニスバッグのファスナーを開け、マイクロウージーを手にした。

それを見た遠見は、

「……待ち合わせているのは、野党の中でも最大勢力を誇る党の幹事長なんだ。その彼と戦闘になるとでも？」

愛海はにこりともせず、遥か先の広場を指差した。

もちろん、もはや噴水の水は涸《か》れている。

「待ち合わせ場所はあそこでしょ？　あの位置からして気に入らないわ。ここじゃ一番目立つし、遮蔽物もロクにないのよ。待ち伏せでもされたら、そこで終わりじゃない。あたしが敵だとしたら、やっぱりあそこを会合場所に指定したわよ」

「なるほど……。プロの目というのは厳しいものだ」

遠見は感心したように首を振った。

別にそれで足を緩めるわけでもなかったけれど。

しかし剛は、愛海の言葉を聞いて初めて多少の危惧を覚えた。

彼女が指摘する通り、この街もどきの残骸の中心に、問題の「待ち合わせ場所」がある。噴水とベンチ以外は何もない、実に寒々とした円形の広場で、広さはちょっとした公園くらいはあるだろう。

休憩などの憩いの場所にはもってこいだが、言われてみれば、待ち伏せにももってこいである。

……狙う側からすれば、大いにやりやすいのではなかろうか。

剛は自分も愛海に手を伸ばし、「俺にも武器をくれ」と頼んだ。ちょうど、イヴも手を伸ばしたところであり、二人は顔を見合わせて微苦笑を交わした。

「なんだか、用心するのが当たり前になってきましたね」

「ホントに。……イヴも俺も、なんだか場に染まってきちまったよな」

愛海は肩をすくめ「用心に越したことはないわよ」と、武器を配りつつ言った。

「わかってるさ。ここまで来て、真相も知らずに殺されるのは嫌だしな」

遠見は剛達を見やり、呆れたようにぼやいた。

「私は、自分が用心深い方だと思っていたが、どうやらその考えは間違っていたようだね」

「そう、とんでもない間違いね」

にべもなく愛海は断言する。

「あなた、その『姿を消す』能力に頼りすぎているわ。だから、簡単に油断するのよ」

「むう……一言もない」

やりこめられた遠見に、剛達はほっとしたように笑う。それでも全員が広場から目を離さなかったのは、愛海の忠告が効いていたためだろう。


あと、五十メートルくらい。

街中を通る道は全部真っ直ぐで、しかも全てがあの広場に通じている。当然、剛達の今いる位置からでも広場はちゃんと見える。

もう二度と水を噴くことがない噴水が、寂しそうに陽の光を浴びているのもはっきりと見えた。

あと、三十メートルくらい。


「ふむ。まだ議員は来ていないようだ。……長く待たされなければいいが」

この暑さにもめげず、涼しそうな顔で遠見。


あと、二十メートルくらい。


愛海がかちっと安全装置を解除する音がした。その直後、大きく息を吸い込む音も。

「……どうかしたか?」

緊張していた剛はすかさず尋ねる。

愛海はなにか迷うような表情だった。

「なにか……嫌な感じがするわ。別に予兆があるわけでもないけど……あそこに行きたくない」

「おいおい……不安になるじゃないか」

冗談に紛らせようとした剛に、なんとイヴまでもが訴えた。

「あの……わたしもなんです。なにか、妙な予感がします」

ここに至り、ついに遠見も足を止めた。

全員が身を寄せ合うように、道の真ん中で立ち尽くしてしまう。

「わかったよ。私も命は惜しい。広場ではなく、この辺りで待つことにしよう。なに、議員が来ればここからでも見えるさ」

遠見は決断し、送り狼みたいにさらに後ろの方から来る仲間達を振り返った。

「おーい！　予定を変えて、私達はここで――」


突然、愛海が絶叫した。


「伏せてえっ！」

最初から緊張していた剛とイヴは、なにも考えずに道路にダイヴするように身を投げた。

銃声が一斉に湧き起こった。

幾筋とも知れない火線が、剛達の頭上を通り過ぎていく。皮肉にも身代わりになるかのように、遅れてついてきていた異邦人達が、銃弾を受けてバタバタと倒れてしまった。

遠見もまた、低い呻き声を上げ、横腹を手で押さえてがっくりと膝をつく。

「もうっ。だから油断するなと警告したのに！」

愛海は悔しそうに言い捨て、手にしたマイクロウージーで弾幕を張る。戦闘服姿の男達が、慌てて扉の内側に隠れた。

剛はようやく事態を正確に把握した。

敵は、広場の至近にある廃墟の家々に潜んでいたのだ。そしてこちらが足を止めたのを見て、自ら飛び出して攻撃を加えたらしい。

愛海が叫んでくれなければ、危なかっただろう。

「なんてことだ！　どうして、我々の会合がバレたっ」

遠見の苦痛に満ちた声に、休まず応戦する愛海が返す。

「詮索は後でいいのよ！　今は、ここを切り抜けることを考えなさいっ」

敵がやや怯《ひる》んだのを機に、愛海は俯せたまま身をひねり、横手のペンキのはげた白い家のドアをウージーで撃った。

鍵の部分が弾け飛んだのを見て、

「雪野君っ。あそこへ！」

「わ、わかった。遠見、おいっ。しっかりしろ。イヴも来るんだっ」

まだ動揺が去らない二人を引きずるようにして、屋内に待避する。それを見ていたのか、また敵が顔を出し、一斉に銃撃を再開した。

「愛海ぃっ！　おまえも早くっ」

漆黒の瞳を大きく見張り、愛海が剛を見た。

彼女ともあろう者が、手の方がお留守になっている。

「馬鹿っ。なにをしてる。早く来いよ！」

「若菜さんっ」

愛海の硬直は一瞬だった。すぐに、弾倉が空になったウージーを剛の方へ投げ、代わりにスカートの後ろから自動拳銃を抜き、連射して敵を牽制する。

その後、向こうが一瞬だけ物陰に待避するのを見て跳ね起き、仲間達が待つ屋内に跳躍した。

彼女を援護するため、剛とイヴは窓から顔を出して、デザートイーグルとＭＣ５１を闇雲に撃ちまくる。偶然だろうが、ぴったりと呼吸が合った。

愛海はといえば、がらんどうの屋内で一回転して起きあがると、真っ先にウージーの弾倉を交換した。それから二人に向かって軽く頷く。

「ありがとう、助かったわ」

「いいさ。お互い様だろ」

「すまないが……」

遠見の苦しそうな声。

「私の仲間はどうなったかな」

三人は顔を見合わせる。

ややあって、愛海が押し殺した声で告げた。

「……残念だけど、最初の連射でみんな殺《や》られたわ」

「そうか」

遠見は、震えるような吐息をつく。

幸いにも銃弾は彼の横腹をかすっただけだったようで、とりあえず命に別状はないようだ。怪我よりも、精神的なダメージの方が大きいように見える。

「すまないことをした……」

「後悔も今はナシよ。とにかく、なんとかしてここから脱出――」

途中で言葉を切り、愛海は無言のまま窓の外に向かってドンッと拳銃を撃った。今、まさになにかを投げ込もうとしていた男が、のけぞるようにして倒れた。額を撃たれたので、まず即死したろう。

が、彼の左手から、何か小さいものがポロッと落ちて、見えなくなった。

愛海はまたもや鋭い声を放った。

「頭を抱えて、床に身体を投げてっ」

なにしろ襲われた直後である。

今度は三人とも、すぐさま言われた通りにした。

頭を抱え、床に伏せる。剛はわざとイヴに覆い被さるようにして倒れ込んだ。照れくさいのなんのと気にしている場合ではない。

同時に、床が震えるような爆発音が起こり、窓ガラスが一斉に割れる音。

剛の身体にもガラスの破片や、木片らしきものがバラバラと当たり、思わず呻く。

「剛さん！」

「だ、大丈夫っ」

すぐさま飛び起きた。

見ると、窓ガラスが全部割れ、窓枠から壁に向かって大きな罅《ひび》が壁を走っている。ドアは半ば倒れかけ、傾いでいた。

「今度はなんだっ」

「……今あたしが撃った男、手榴弾を投げ込もうとしてたの。まずいわね、向こうはこちらを殺す気で来ているわ。捕まえるつもりはないみたい」

話しつつ、愛海は飛び付くようにしてドアに至り、そこから用心深く顔を覗かせた。

しばらく観察し、

「……今のところ、突撃してくる気配はないけど。でも、時間の問題でしょうね。ここでぼ〜っとしてたら囲まれるわ。その時こそ、総攻撃をかけられて殺られるかも」

唇を噛み、何事か考えている。

どうすれば生還できるか、方策を練っているのだろう。

しかし……待ち伏せされていたということは、既に出口は塞《ふさ》がれていると見て間違いないだろう。それくらいは、戦闘経験のない剛にでも予測がつく。相手は戦闘のプロなのだ。みすみす敵を逃がすような間抜けな真似はしないのではないか。

四人とも薄々、そのことがわかったせいだろうか、互いにそっと視線を交わし、暗い表情を見せ合う。

剛はデザートイーグルの、残っていた最後の弾倉を交換し、息を吸い込んだ。弾丸の残りはあと僅か……しかも援軍も見込めず、希望もない。とにかく、これ以上事態が悪くなることだけはないわけだ。

やけっぱちでそんなことを思う。

しかし、その考えはまだまだ甘かったのだと、すぐに思い知った。

「あっ」

「むぅ」

イヴと遠見の声が重なる。

「どうしたっ」

「……遠くから、ヘリコプターの音がする。こちらに接近しているようだが」

遠見が厳しい顔で言う。

「こういう場合、偶然飛んできたどっかのヘリだろう——なんて考えるのは甘いだろうねえ」

「本当に聞こえるなら」

相変わらず外を見張りつつ、愛海。

「そんな都合のいい偶然があるはずないわね。もちろん、それも敵でしょうよ」

断言した後、彼女はこう言った。


「みんな、覚悟だけはしておいてね……」

四人の中では唯一のプロである彼女がそういうセリフを吐くということは……本当に絶体絶命

だということだ。

緊張で動けずにいる剛の手に、誰かの手が触れた。

反射的にしっかり握り返し、剛は横を見る。イヴは見たこともないほど静かな表情で剛を見上げていた。

「色々ありがとう、剛さん。……まだ、死ぬと決まったもんでもないって」

「……前にも言ったけど、本当に本当に嬉しかったの」

説得力など微塵もなかった。自分で自分のセリフを信じていないので、無理もないのだが。

剛はイヴから目を逸らし、代わりに遠見に忠告してやった。

「あんたには例の便利な能力がある。……今のうちに逃げた方がいい」

遠見はきっぱりと首を振った。

「そういうのは嫌だな。死ぬまで後悔するに決まっているからね」

「別に俺達は怨んだりしないぜ？」

一応そう言ってやったが、無理強いしようとまでは思わなかった。なんとなく、強く勧めても従わないだろうという気がしたのだ。それに、今となっては遠見の能力をもってしてさえ、脱出は難しいかもしれない。

今や、剛の耳にさえヘリのローターが立てる爆音が聞こえた。決して無関係なファイトではないのは、すぐに知れた。

拡声器を通したエコーのかかった声が、剛達の耳に届いたからだ。

『やあ、元気かな、と言いたいところだが。君達のお陰で、僕の立場は相当に悪くなった。元々、あらゆることに備えて準備をしていたけれど、まさかこれほど事態が急変するとは思わなかったな』

落ち着いたその声を聞いた途端、愛海がはっと身じろぎした。

剛が視線で問うと、愛海は小さく答えた。

「……彼が真堂恒彦よ。現在の、第十三課の責任者。異世界人の研究所を統括しているので、身分上は所長ね」

「なにっ」

慌てて窓から空を見上げたものの、あいにくヘリは死角にいるらしく、ローターの音しか聞こえない。いや、今また声が聞こえてきた。

『……言っておくけど、君達には最初から勝ち目なんかなかったのさ。野党に所属する政治家なら、第十三課の目が届かないと？　はっ！　あいにくだね。野党だ与党だと表面上は争っているが、それはあくまで表向きだけだ。裏に回れば、みんな同じパイを分ける仲間同士なのさ。知らないのは国民だけでね』

ここで真堂は、狂的な笑い声を響かせた。あるいはこの男、実際に狂気に冒されているのかもしれない。

『さて。この僕をコケにしてくれた礼はしないといけないな。本来、君らがコソコソ隠れていた拠点を聞き出すまでは、泳がせるべきだろうけど……。僕を本気で怒らせたのが間違いだ。今となっては、僕も復讐する方が優先でね。そういうわけで——』

せいぜい、あの世とやらで仲良くやりたまえ。


舌なめずりするような声がした次の瞬間、愛海は必死の形相で剛達を振り返った。

「みんな、外へ走り出て！　急ぎなさいっ」

言われた通り、皆が即、走り出た。愛海の声に背中を押されるようにして、あるいは得体の知れない予感に後押しされるようにして、剛はイヴの手を引いて外へ飛び出す。

ほとんど一塊りになって四人は道路へ飛び出し、愛海を先頭に力の限り来た道を戻った。

そして、四人それぞれの耳に届いた、微かな音。あるいはそれは、ヘリから発射されたロケット弾が空気を切り裂く音だったのかもしれない。

とにかくその直後、四人の背中で巨大な火柱が上がり、ついさっきまでいた張りぼての家をバラバラに粉砕した。

間髪を入れず、剛の背中に爆風と衝撃が弾け、剛は十メートル近くの距離を転がされた。体育で習った受け身など取る暇もない。頭を庇うだけで精一杯だった。

「くそっ。いてぇ……」

全身を襲う痛みに涙を溜め、それでも剛は気力のみで身体を起こす。目の前には愛海の背中があり、既に膝立ちで銃を空に向けているところだった。

他の二人も、呻いてはいるがまだ生きている。それぞれ身体を起こそうともがいていた。

剛は顔を上げ、見た。

明らかに軍用とおぼしき武装されたヘリが、斜め上空にホバリングしている。で、さっきまで隠れていた家は、完全に爆砕されて今は炎に包まれていた。

「ちきしょう……ここまでやるのかよ」

「そういう偏執狂的な男なのよ、あいつは」

吐き捨てるように愛海が言う。

しかし銃は構えたままで、実際に撃とうとはしなかった。……おそらく、撃っても効果がないことを知り尽くしているのだろう。

また上空から声がした。

集音マイクで、ちゃんとこちらの会話を聞いていたらしい。

『偏執狂的な男か。心外だな、愛海。……僕を裏切っておいて、よくそういう口が利けたものだ』

音を立ててヘリが旋回した。

射線が確保出来る位置まで移動すると、再び拡声器の声が宣告した。

『まずはおまえからだ、愛海っ』

今度はチェーンガンの咆吼だった。

ヘリの下方に取り付けられた不格好な機関砲が、石畳にボコボコ穴を穿っていく。その綺麗に揃ったミシン目のような弾着痕が、一直線に愛海を目指した。

ここへきて愛海はやっと、大型の自動拳銃でヘリへ向かって連射する。当たってはいるようだが、ヘリの装甲は突破出来ない。ただ表面で火花が散っているだけである。

「愛海、逃げないかっ」

いつまでも待避しない愛海に我慢ならなくなり、剛は横から彼女に飛び付いた。

もつれ合うようにして倒れた横を、寸前で火線が通っていった。

「避けろよ、馬鹿っ。死ぬ気か！」

愛海はなにも言い返さない。

ただ黙って、剛に抱きついてきた。震えてはいなかったが……こちらの腕を掴むのに、指が白くなるほど力を入れてきた。

「……ごめん。守ってあげられなくてごめんね。雪野君だけは死なせまいとしたのに」

剛は、初めて愛海の生の感情を見た気がした。

今の愛海は凜々しい女戦士ではなく、泣きそうな顔をした、ただの女の子だった。

「愛海……そんな、俺こそ」

「二人とも、大丈夫ですかっ」

「どこか怪我でもしたかっ」

イヴと遠見が駆け寄ってくる。

そしてまた、あざ笑うような空からの声。

『やれやれ。お昼のメロドラマにもならないね。まあせいぜい逃げてみるといい。まだまだ弾もミサイルも残っているしね』

まるで、カウチポテトで映画でも見ているような言い草だった。

剛は歯ぎしりした。

「くそったれがっ。遊んでやがる！」

黒光りする機関砲が、またしてもぐぐっと動き、剛達に照準を合わせる。

反射的に逃げようと、四人が立ち上がったその時。

――イヴが一軒の屋根の上を指差した。

「見てっ」


「あいつは……レインっ！」


いつの間にか、剛達に近い家屋の屋根にあの黒衣の少年が立っていて、こちらを見下ろしていた。この急場にまるで動じることもなく、ただ平静な黒瞳で。

「……無事だったか」

軽く頷く。まるで、敵などこの場にいないかのごとき態度である。

「ば、馬鹿っ。俺達より自分の心配を」

剛の叱声にやや遅れ、待機していた地上の敵から銃撃が殺到したが、弾丸は全てこいつの至近で弾かれ、さっぱり身体に届かない。

やがて、傲然と銃撃を無視していたレインは、ゆっくりと剛達から目を逸らし、真堂の乗ったヘリを見上げた。

「……わざわざ出てきてくれて手間が省けた。帰る前に、貴様だけは倒しておくつもりだったからな」

『それはこちらのセリフだっ。ふざけるな！』

さすがに真堂も、レイン相手に遊ぼうとはしなかった。旋回してヘリの向きを変え、矢継ぎ早にロケット弾を発射する。二発の弾頭がレインの立つ屋根に飛んだ。

距離を置いて見守っていた剛達は、また慌てて身を伏せ、頭を抱えた。

半瞬の間を置いて、先程に倍する巨大な爆発が起こった。が、密かに予想したように木っ端などは全然飛んで来ず、ただ火薬の臭いだけが盛大に漂ってきた。

「レインはっ」

がばっと身を起こす。

白っぽい煙が、彼の立っていた屋根をくまなく覆っている。が、ゆっくりと煙が流れていき、すぐに何事もなかったように立つレインの姿が現れた。

『――！　馬鹿なっ。確かに命中したはずだ』

「あいにくだが、俺には防御する術がある。おまえらの言葉じゃ、シールドと表現するのが一番近いか……あるいは、『魔法』と言い換えてもいい。同じことだからな。科学とやらが支配する世界……俺とは異なる世界に住むおまえには、信じられないことだろうが」

レインがとんでもないセリフを吐く。

ヘリの方をじっと見据え、告げる。

「あの時、おまえも聞いていたはずだぞ。……この世界には戦士がいない。おまえも、俺にとってはただの弱敵にすぎない！」

さっと腰に帯びた長剣を抜いた。

禍々《まがまが》しい青い光が、刀身をくまなく覆っている。光り輝くその剣を、レインはいきなり槍《やり》のようにぶんっと投げた。一挙動の動作で、あっと思った時には長剣がまっしぐらに飛んでいた。

鈍い音がした。

輝く長剣は防弾処理が施された風防をあっさり突破し、パイロットを貫いたらしい。ヘリは錐《きり》もみするようにでたらめな舞いを見せ、そのままコントロールを回復出来ず、遥か後方へ墜落した。ずしんっと大きな音がした。

「あいつ、やってくれたぜ。ヘリを落としたぞっ」

喜びのあまり、剛は跳ね起きた。

愛海がすかさず寄り添う。

「油断しないで！　まだ敵が全滅したわけじゃないわ」

「わかってる。だけど、ほら。あいつも力を貸してくれるらしいしな。だいぶ楽になった」

「力を貸すと言うより」

イヴが呆れたようにレインを見やる。

「……わたし達なんか眼中にないみたいです」

実際、その通りだった。

レインは屋根から飛び降りると、そのまま剛達を省みることなく、走っていってしまった。残りのコマンド達を片づける気でいるらしい。

そちらはレインに任せ、剛達はヘリの落下地点へ走った。なによりも先に、真堂の生死を確かめておかねばならない——

みんなそう思ったのだ。


武装ヘリは落下の衝撃で下部が無惨に潰れ、斜めに傾いだようになって二つ向こうの道に墜落していた。

ウージーを油断なく構えた愛海を先頭に、剛達はそろそろとヘリに近付く。パイロット席を防護する風防には蜘蛛《くも》の巣状の罅が入り、レインの長剣が開けた小さな穴が開いたままだった。

中を覗く。野戦服を着込んだごつい男が、胸から血を流してがっくりと首を傾けていた。剣に貫かれて即死したのは間違いないだろう。

ただ、肝心の長剣はなぜか見当たらない。レインが回収する時間はなかったはずなのに、だ。

「……黒木。一緒に来てたのね」

愛海がポツンと呟く。

「真堂じゃないのか？　じゃあ真堂はどこだっ」

剛が勢い込んで訊くと、愛海は道路のすぐ先を指差した。

……そこにいた。

十メートルほど離れた道の端に、若い男が仰向けに倒れていた。逃げようとヘリから這い出したものの、そこで力尽きたようだ。左手が妙な方向にねじ曲がり、右手は背中の下になっている。胸の辺りに血痕が広がっているのは、あれは強打したせいだろうか。

反射的に、剛は走った。背後で愛海が注意を喚起する声がしたが、あえて無視した。自分をこんなことに巻き込んだ男を、ぜひにも確認したかったのだ。

一息で男の側まで走り、銃を向けたまま見下ろす。

そこで、剛は呆けたように固まってしまった。

こいつの顔……真堂恒彦という名の、第十三課の長。意外なほど若く、はっきり言って学生にしか見えない。ただし、見覚えがある。記憶違いなどではなく、確かに見覚えがある。

それもそのはずで——。

その男の顔は、剛そっくりだったのだ。

いや、そっくりなどというものではない。

ここまでいくと、もう一人の剛と言っても通るだろう。まるで鏡を見ているような気さえする。

剛はもう一人の自分……薄笑いを浮かべてこちらを見ている男と目を合わせたまま、動けずにいた。愛海がやってきて、そっと寄り添う。

そして口元に手を当てたイヴと、遠見も。

「……そう、彼が真堂恒彦。どういう気で剛君と同じ顔にしているのか、あたしにもわからないんだけど」

愕然と愛海を見る。

元クラスメートは肩をすくめてみせた。

「言ったでしょ。剛君が気にするだろうと思って、あまり言いたくなかったの……第十三課の内部でも、今の真堂の顔を知っているのは数人しかいないわ」

「詳しい説明は……僕がしてあげよう」

切れ切れの声がした。

四人とも、真堂に注目する。

「さ……最後だからね、サービスだ」

息も絶え絶えに、それでも不可解な笑みを消さぬまま言った。

「当然だっ」

震えそうになるのを堪え、剛は指を突き付ける。

「説明してもらうぞっ。死にかけじゃなかったら、引きずり起こしてるところだ！」

剛の憤りに、真堂はなんら反応しなかった。ただ遠くの空を眺めながら、微かに笑っている。

そのうち声に多少の張りが戻り、真堂は話し始めた。

「……元より僕の立場は、非常に危ういものだった。国家機密を一手に引き受けている——と言えば聞こえはいいけど、その実、いつお偉方に始末されるかわからないポジションでね、所長ってのは。異邦人に関しての秘密は、それくらいに重いものなのさ。現に、僕の前任者は責任者の地位を追われた後、行方知れずになっている。第十三課を離れてからの足取りが、全く不明なんだ。幾ら調べても、なにも出てこなかったよ。生家さえ取り壊されていたくらいでさ。これがなにを意味するのか、ちょっと考えればわかるだろう？　無論、彼は始末、つまり消去されたんだ……後腐れのないように」

真堂はゆっくりと四人を見渡す。

剛は、目で愛海に問い掛けた。愛海は黙って首を振る。彼女も初耳だったらしい。

そんな周囲の反応を全く無視して、真堂は続けた。

「お偉方の心一つでいつ地位を追われ、命まで奪われるかわからない——。そんな扱いに耐えかね、僕は彼らを出し抜くことを考えた。その方法とは——僕の複製を作ることだ。表向きの所長は整形手術を施したその影武者にやらせ、本物の僕は第十三課にまるで関わりのない人物と入れ替わる……もちろん、その人物と同じ容姿に整形してだ。そして、裏から第十三課を操るつもりだった。この方法を使えば、たとえ所長を交代させられても、相変わらず僕があの課を支配出来る。なにしろ、新任者が来たらそいつを殺してこっちの立てた影武者と入れ替えればいいんだからな」

剛は握った拳に力を込め、押し殺した声で尋ねた。

「それじゃ……おまえはその『入れ替わる相手』に、俺を選んだのか？　そういうことか？」

「そう。まさかただの高校生が、第十三課の陰のボスだとは誰も思わないだろう」

一拍置き、

「ただね、実際に入れ替わる前に、君にもちょっと協力してもらうつもりだったのさ。実験台、といった方が早いがね」

にいっと真堂は笑った。

それは狂気が透けて見えるような笑いで、剛は思わず後退りしかけた。

「そう、まさに実験だ。僕は同時に、不死の実験も行っていたのさ。もしかして愛海から聞いたかもしれないが、僕は与えられた任務の他に、個人的に真面目に不死を目指していてね。結構いいところまで行っていると自負している。……雪野剛君。愛海は報告してこなかったが……もしかして、頭痛に悩まされたことはなかったかい？」

剛の表情がそのまま答えになったのだろう。真堂は口元を歪めた。

「やはりな……予想通り、相当に無理が出てたか……」

「おいっ。どういう意味だ！　俺になにをしたっ」

真堂の胸ぐらを摑もうとした剛を、遠見が止めた。

「やめたまえ。今乱暴すると、しゃべる前に死んでしまうよ、彼」

「そうだ。慌てなくても教えるさ」

脂汗だらけの顔で、真堂はへらへら笑う。

もう死を覚悟しているのか、剛の憤怒にも怯まなかった。

「剛君、人の心がどこにあるかわかるかね？」

「なんだと？」

「……鈍いなぁ。心だよ、心。精神と言い換えてもいい。どこにあると思う？」

また四人の顔を順繰りに見て、真堂は自分で答えを出した。

「正解は、そんなものは無い、だ。人の記憶、判断力、そして諸々の思考——それらは全て、この頭蓋骨の中身の脳という容器の中で行われている、単なる神経細胞の情報交換の結果に過ぎないんだ。心など幻想だよ。——さて。ここから先は、科学者達があえて避けて通ってきたことだ。もしも、もしもだよ、人の脳内に蓄えられた情報を全てデータ化することが出来れば、そしてそれを別の人間に植え付けることが出来れば、大元のデータを次々と移すことで、僕という人間は無限の時を生きられることになる……」

聞いた瞬間にぞっとした……こいつは絶対に狂っている。

そう思ったのは剛だけではなかったらしい。他の三人も血の気の失せた顔になり、そっと視線のやり取りをしていた。

だが、真堂は相変わらず気にもとめない。

「断っておくが、別にこれは夢物語じゃない。現に、人の記憶をデータ化することは、別に僕が初めて着目したわけじゃないんだ。部分的とはいえ、以前から使われている技術さ。第十三課ではこの方法で、捕獲した異邦人達に真っ先に日本語を習得させ、意思の疎通を可能にしているくらいでね。その辺の事情は愛海から聞いているだろう？——まあそれはともかく。その成功例を踏まえて、僕は君を実験台にしたのさ」

「それはつまり……俺の脳内に……」

絶句した剛をおかしそうに見やり、真堂は頷く。

「そうだ。僕の記憶をごっそり移動させてある。無論、深層意識にロックをかけて洩れ出さないように処置したが……かなり無理をしたのは間違いない。頭痛くらいで済んでいるのは、幸運だったね」

ロックだと……馬鹿を言え、なにが「洩れ出さないように」だ、ダダ洩れじゃないか！

剛は無言で歯ぎしりした。

デザインしたキャラが本人そのままだった、レインとイヴ。それに、幻覚で見た見覚えのない施設の中……。今こそわかった。あれらは全て、こいつの記憶だったのだっ。

「実験の結果は成功とも失敗とも言える」

真堂は遠い目をしたままほざいた。

「データ移動後も、君の日常生活になんら支障が出なかったのは、これは成功だ。しかし……僕という人格を移植することには失敗した。なにが足りないのかはまだ不明だが……時間さえあればなんとか出来たはずなんだよ。それなのに……残念だなあ」

「勝手なことを言うなっ」

激した剛が歯を剝き出したその時――。

真堂は虚《うつ》ろだった表情に不意に憎悪を蘇《よみがえ》らせ、背中に回っていた手を素早く引き抜いた。

手にした銃を見て、剛は思わず反応した。

『ダンッ』

銃声は一発である。

真堂の銃は発射されなかった。

代わりに、剛の手の中にあるデザートイーグルから空薬莢が排出され、路上に落ちた。

真堂の、自分と同じ顔をした男の胸にマグナム弾が着弾し、衝撃でその身が一度だけ跳ねる。

それが……第十三課を統括する所長、真堂恒彦の最後だった。


「……撃っちまった」

我ながら呆然とした声が出た。

そう言えば、この一件で初めて人を殺してしまった気がする。

まだ銃を構えたままの剛から、愛海がそっとデザートイーグルを取り上げた。

「……仕方ないわよ。剛君が撃たなきゃ、あたしが撃ってたわ」

いつの間にか愛海の呼び方が「剛君」になっているのに気付く。

いや、そう言えば自分もさっきから『愛海』と呼び捨てにしている気がするが。

剛は弱々しく笑い、愛海に、それからイヴと遠見に順番に目を向けた。

「……どうしたものかな、これから」

それは、自分に対する問い掛けでもあった。

しばし間を置き、空咳をしてから遠見が言う。

「——とにかくだ。少なくとも、ここから脱出することは可能になったと思うね。さっきから、遠くで聞こえていた銃撃の音が止んでいる。レイン君が敵を一掃してしまったらしい」

「その割に姿を見せませんね、彼」

イヴが剛の様子を気にしつつ言う。

遠見は寂しそうに笑った。

「挨拶に戻ってくるような少年でもあるまい。だがまあ……今は彼のことより我々だよ。とりあえず、戻ろうじゃないか。考えるのはそれから後でもいいさ」

遠見は剛の肩に手を置いた。

元気づけるつもりか、ぎゅっと力を込める。

剛は無理して、少しだけ笑うことに成功した。

戻る——か。

果たして俺は、俺はどこへ戻ればいいんだろう……？

エピローグ　手探りの明日

その後、結局、剛の脳内に封印されていたという「真堂恒彦の記憶」は、一ヵ月という時間がかかったものの、遠見の組織にいた坂崎の手によって解析が終了した。

脳内の海馬や側頭葉……それらに保存されていた情報を、彼は引き出してみせたのだ。

そしてそれが、今のところ、剛達の唯一の武器になっている。


日本という国の政府組織が丸ごと、異邦人捕獲に関わっていた。

——その事実の前に、剛達は有効な反撃手段を持たなかった。何しろ、雑誌や新聞といったメディアにさえ、少なからず彼らの手が伸びていたのだ。

これでは、迂闊にマスコミを頼ることも出来ない。

そんな八方ふさがりの状況で、剛達が、そして遠見達が選んだ方策、それは一種のゲリラ戦である。真堂から得られた情報を分析した結果、第十三課の拠点が例のあそこだけではなく、他にも異邦人達が集められている場所や関連施設があるとわかったのだ。

その事実を知った時から、剛達の長く辛い戦いが始まったと言える。


「用意はいい？」

相変わらずのきりっとした表情で、愛海は点検していた銃の弾倉をガチャッと戻した。ステアリングに手をかけたまま、助手席の剛を、そして後部座席のイヴを見る。

二人とも既に上着を脱ぎ、肌に張り付くような戦闘服姿（最初にイヴが着ていたものと同じだ）になっている。もちろん、しっかりと頷いた。

三人は、今日はバックアップの役目を担っており、脱出してきた異邦人達（と仕掛けた遠見達）を安全に逃がすのが役目なのだ。

いま愛海達が乗る車は、県道を外れた細い農道に隠れて停車していて、遠見の合図を待っているところである。

剛は自分もデザートイーグルの安全装置を外し、「今回は、何人助けられるかな」と呟いた。

「ここは真堂がいた本拠地と同じくらいの規模があるわ。もしかしたら、十人近く捕まっているかも……」

「あの、また前回みたいに、主だった雑誌と新聞に証拠資料を送付するんですか？」

イヴが緊張をごまかすように訊く。

「……いいえ。今回は、前回無視されたところは避けるでしょうよ。おそらくそこは、背後に第十三課の、つまり政府の手が伸びているでしょうから。だから、多少なりとも食いついたトコだけね、ばらまき作戦は」

「……なんかあれだな、すげー地道な作戦だな。しかも、一度に助けられる人数も知れてるし」

自分でも意識せず、剛は前回と同じ愚痴を口走る。それを聞き、愛海は痛ましそうな目を向けてきた。

「剛君は、元の生活に戻ることだって出来たのに……」

「まさか」

剛は苦笑した。

「今更、俺だけが安穏とした暮らしに戻れるわけないさ。もう無理だ……無理だね」

何度も首を振る。

暗くなりそうだったので、わざとおどけた。

「それに、二人にだけ戦わせるのも悪いしな。『なんて薄情な男！』とか思われたら、立つ瀬がないだろ」

愛海とイヴは、二人してはにかんだように微笑んだ。

剛も二人に応えるように白い歯を見せ、ほんの一時、和やかな空気が車内に満ちた。しかし次の瞬間、ずしんと振動が来て、夜空に真っ赤な炎が弾ける。

「――遠見のチーム、成功したみたいね。あたし達も行くわよっ」

「よしっ」

「はいっ」

その返事が消えぬ間に愛海はアクセルを踏み、車は路地から車道に飛び出した。炎上する施設に向かい、まっしぐらに疾走する。

県道とはいえ、所詮ここは田舎である。真っ暗とさして変わらないのだ。そんな道路を、愛海はあえてヘッドライトも点けぬまま、突っ走る。
――それはまるで、彼らの未来を暗示するかのようだった。

本書は、著者のＨＰ「小説を書こう！」（http://homepage2.nifty.com/go-ken/）上で連載していた「迷宮世界のイヴ」に加筆修正したものです。

〈著者紹介〉
吉野 匠(よしのたくみ) 東京都内で生まれる。HP上にて数年にわたって毎日更新の連載小説を続け、「雨の日に生まれたレイン」が爆発的人気となる。『レイン—雨の日に生まれた戦士』(アルファポリス)で作家デビュー。同書はシリーズ累計50万部突破の大ベストセラーとなり、コミカライズも決定。『三千世界の星空』シリーズ(徳間書店)も人気を呼んでいる。

異邦人 Lost in Labyrinth
2008年11月25日 第1刷発行

著 者 吉野 匠
発行者 見城 徹

GENTOSHA

発行所 株式会社 幻冬舎
〒151-0051 東京都渋谷区千駄ヶ谷4-9-7

電話:03(5411)6211(編集)
03(5411)6222(営業)
振替:00120-8-767643
印刷・製本所:株式会社 光邦

検印廃止

Printed in Japan
ISBN978-4-344-01587-6 C0093
幻冬舎ホームページアドレス http://www.gentosha.co.jp/

この本に関するご意見・ご感想をメールでお寄せいただく場合は、
comment@gentosha.co.jpまで。